KB074374

월간
정여울

이 책에 사용된 그림은 얀 페르메이르의 작품입니다.

7쪽 Jan Vermeer, A Maid Asleep, c. 1656-57
8~9쪽 Jan Vermeer, View of Delft, c. 1660-61
23쪽 Jan Vermeer, Girl Reading a Letter at an Open Window, c. 1657-59
37쪽 Jan Vermeer, Diana and her Nymphs, c. 1653-54
43쪽 Jan Vermeer, Woman Writing a Letter, with her Maid, c. 1670
표지 · 51쪽 Jan Vermeer, View of Houses in Delft, Known as 'The Little Street', c. 1658
57쪽 Jan Vermeer, Girl with a Pearl Earring, c. 1665
71쪽 Jan Vermeer, Young Woman with a Water Pitcher, c. 1662
85쪽 Jan Vermeer, Officer and Laughing Girl, c. 1657
98쪽 Jan Vermeer, The Guitar Player, c. 1672
99쪽 Jan Vermeer, The Love Letter, c. 1669-70
113쪽 Jan Vermeer, Woman with a Pearl Necklace, c. 1662-65
123쪽 Jan Vermeer, Girl Interrupted at Her Music, c. 1658-59
150쪽 Jan Vermeer, Girl with the Red Hat, c. 1665-66
151쪽 Jan Vermeer, Allegory of the Catholic Faith, c. 1670-72
173쪽 Jan Vermeer, Woman Holding a Balance, c. 1664
174쪽 Jan Vermeer, Study of a Young Woman, c. 1665-67
175쪽 Jan Vermeer, Mistress and Maid, 1666-67

토닥토닥

당신의 굽은 등을
쓸어내리며

월간
정여울

천년의상상

차례

월간
정여울

당신의 굽은 등을 쓸어내리며

들어가는 말

토닥토닥, 당신의 손바닥이 내 어깨를 두드리는 소리

단어의 음절을 가만히 발음해보는 것만으로도 따스한 위안이 되는 의태어가 있다. 토닥토닥, 엄마가 아이를 달래며 손바닥을 아이의 몸 위에 두드리는 소리이기도 하고, 누군가의 어깨를 살포시 도닥이는 소리이기도 하다. 바닷가에서 차근차근 모래성을 쌓아 올린 뒤 좀 더 오래 어여쁜 모양이 지속되도록 토닥토닥 두드려주는 소리도 좋다. '토닥토닥'은 발음할 때마다 뭔가 든든해지는 느낌, 어딘가 가슴 깊은 곳에서 따스함과 뭉클함이 차오르는 느낌을 주는 의태어다. 단어 자체에 위로의 뉘앙스를 그득히 품어 안고 있는 것이다.

'토닥토닥'이라는 의태어가 지닌 그윽한 위로의 힘을 생각하다가 문득 '내 삶에 위로가 되어준 순간들의 공통점은 무엇인가' 하는 질문이 마음을 두드렸다. 첫째, 위로의 힘은 갑자기 문제가 해결되었기 때문에 느끼는 안도감이 아니라 누군가 나를 아무 조건 없이 걱정해주고 있다는 단순한 사실 자체에서 우러나오는 것이었다. 서른 살이 되던 해, 정말 통장 잔고가 딱 0원이 된 적이 있었다. 20대 시절에도 통장 잔고가 0원인 적은 많았지만 그때는 그런 결핍감을 젊다는 이유로 견딜 수가 있었다. 그런데 서른이 되고 보니 내 문제는 더욱 심각하게 느껴졌다. '아무리 열심히 일해도 왜 상황은 나아지지 않는가'라는 절망감 때문에 가슴이 무너져 내렸다. 그때 그저 엄마의 목소리가 듣고 싶었다. 엄마에게 도움을 청하고 싶은 것이 아니라, 그냥 엄마 목소리를 잠깐만 들어도 살아날 것만 같았다. 밤늦게 아르바이트를 마치고 파김치가 되어 돌아오던 전철 안에서 엄마에게 전화를 했다. 좀처럼 먼저 전화를 하지 않는 무뚝뚝한 딸의 목소리를 듣고 엄마는 상황이 심각함을 눈치채셨지만 나는 아무 이야기도 하지 않았다. "그냥 걸었어, 엄마. 정말 그냥." 이 말밖에 하지 않았는데, '정말 그냥'이라는 말로 엄마를 안심시키려는 순간 두 눈에서 폭포수처럼 눈물이 쏟아져 내렸다. 그래도 끝까지 내가 왜 전화를 했는지는 말씀드리지 않았다. 엄마는 걱정스러워하셨지만, 나는 엄마의 목소리를 들은 것만으로도 축복받은 느낌이었다. 그 순간 신기하게도 내가 진짜 어른이 된 느낌이었다. 돈을 벌 수 있는 뾰족한 묘수는 생각나지 않았지만, 왠지 그 힘겨운 순간을 내 힘으로 버텨낼 수 있을 것만 같았다. 그때 깨달았다. 위로의 본질은 누군가 내 문제를 해결해주는 데 실질적인 도움을 주는 것이 아니라 나에게 스스로 문제를 해결할 수 있는 내면의 에너지가 있음을 깨닫게 해주는 것임을.

둘째, 위로의 힘은 논리적으로 설명할 수 없는 어떤 무한한 공감의 에너지로부터 나온다. 그러니까 때로는 위로의 '내용'이 지극히 평범하더라도 위로의 '형식'이 중요하다. 나는 내 막냇동생에게 그런 위로의 에너지를 얻는데, 그녀는 서른이 넘어서도 엄청난 개구쟁이처럼 우리 가족 모두에게 어린애 같은 장난을 치곤 한다. 막내는 항상 장난과 애교의 '형식' 속에 따스한 마음이라는 '내용'을 담는다. 막내가 뭔가 멋진 말을 해주어서가 아니라, 그녀의 한결같은 귀엽고 사랑스러운 표정과 말투가 우리 가족을 안도하게 만든다. 동생이 아침 일찍 출근하며 아들을 어린이집에 맡기고 하루 종일 일하다가 집에 돌아가면 또 집안일이 잔뜩 쌓여 있을 것을 내가 걱정하면, 동생은 늘 이렇게 말한다. "언니, 나 진짜 하나도 안 힘들어." 내가 뭔가 '미안하다', '고맙다'는 말을 하면 동생은 이렇게 말한다. "언니, 매번 미안하다고 하지 않아도 돼. 고맙다는 말 안 해도 돼." 내가 작은 선물을 해주면 꼭 동네방네 자랑을 한다. "언니, 내 친구들이 언니 같은 큰 언니가 자기도 있었으면 좋겠대." 항상 칭찬과 애교와 감사의 미소를 입가에 달고 사는 내 동생 덕분에 얼마나 많은 사람들이 행복해지는지, 정작 그녀는 잘 모르는 것 같다.

셋째, 위로의 본질은 주는 사람과 받는 사람 모두에게 커다란 선물이 된다는 점이다. 얼마 전 하루 종일 글쓰기 현장 실습과 멘토링을 하는 수업을 했는데, 한 사람 한 사람의 글쓰기에 매 순간 창조적인 리액션을 보여주어야 한다는 점이 무척 어려웠다. 하루 종일 수업을 하다 보니 입술은 바짝바짝 타들어가고, 아무리 물을 마셔도 갈증이 사라지지 않았다. 그런데 수업이 끝난 뒤 어느 독자 분이 이렇게 나를 위로해주셨다. "이틀 동안 글쓰기 수업을 들으면서, 저는 정말 아름다운 피정避靜을 다녀온 느낌이었어요." 그 말을 듣는 순간 이틀 동안 밤잠을 설치며 수업을 했던 그 모든 순간의 긴

장감과 고통이 씻은 듯이 사라졌다. 이렇듯 위로란 참 못 말리는 인생의 묘약이다. 위로를 받는 사람에게도 위로를 주는 사람에게도, 또다시 힘겨운 오늘을 끝내 이겨낼 커다란 내면의 힘을 전달해주니까.

얼마 전 뉴욕의 프릭 컬렉션에서 페르메이르의 그림을 보았을 때, 옆 사람이 이렇게 외치는 소리를 들었다. "와우! 오 마이 갓Wow! Oh my God!" 이렇게 한글로 쓰니 어색하지만, 그 맥락에서는 정말 그 문장이 어울렸다. 금발의 중년 여인은 새하얀 볼을 발그스레하게 물들이며 신비스럽게 미소 짓고 있는 페르메이르의 그림 속 여인을 바라보며 찬탄을 금치 못했다. 나는 벌써 10분째 그 그림 앞에 서서 좀처럼 발걸음을 떼지 못하고 있었다. 페르메이르의 그림 앞에서 자주 일어나는 일이다. 종이 책과 인터넷을 통해 충분히 디테일을 관찰하고 나서 마음에 무장을 단단히 하고 그림 앞에 서도, 실제 그림 앞에서는 입이 다물어지지가 않는다.

페르메이르의 그림을 볼 때마다 내가 느끼는 감정은 '이것이 아름다움을 표현할 수 있는 인간의 한계가 아닐까' 하는 놀라움이다. 어떻게 이렇게 미치도록 아름다울 수가 있을까. 그냥 우유를 따르는 여인을 그렸을 뿐인데. 편지를 읽는 여인을 그렸을 뿐인데. 그의 그림을 보고 있으면 발견하게 된다. 우리가 일상에서 마주하는 수많은 소소한 장면들이 이미 오래전부터 지니고 있었지만 우리가 그저 무심히 스쳐 지나가기에 놓쳐버리는 장면들의 기적 같은 아름다움을. 저울에 물건을 올려놓고 무게를 달고, 창가의 햇살 아래서서 편지를 읽고, 이른 아침 식사를 준비하며 우유를 따르고, 남녀가 의미심장한 눈빛을 주고받으며 와인잔을 부딪치는 모습들. 페르메이르의 그림을 보고 있으면 우리가 지금 늘 마주치고 있는 사소한 일상의 디테일이 결국 우리의 지친 어깨를 토닥여주는 치유적 힘을 지니고 있음을 느끼게 된다. 페르메이르의 그림을 보고 있으면 그림을 그리며 느꼈을 화가의 어떤 간절함이 손에 잡힐 듯 생생하게 느껴진다. 이 순간이 마지막이야, 우리가 바라보는 이 순간은 내 생에 경험할 수 있는 마지막 아름다움일지도 몰라. 그는 그렇게 눈앞에서 자칫하면 사라질지도 모르는 일상 속의 소중한 풍경에 온 힘을 쏟아 오직 그림만이 담아낼 수 있는 세상의 아름다움을 화폭에 담았다. 부디 페르메이르의 그림과 『토닥토닥』의 글이 어우러져 여러분의 지친 어깨를 토닥일 수 있는 따스하고 보드라운 마음의 붓질이 되어주었으면.

실로 오랜만에, 나의 정든 집에서.
긴 여행을 마치고 돌아온 뒤,
더욱 소중해진 일상 속
작은 풍경들에 기뻐하며
2018년 늦가을, 정여울

서른이
넘도록
아직
꿈을 찾는
당신에게

한국인의 마음속에는 '꿈=성공'이라는 무언의 등식이 각인되어 있다. 어떻게 '꿈꾸다'라는 아름다운 동사가 곧장 '성공'이라는 지극히 편협하고 고정된 목적어와 동급이 되어가는 것일까. '당신의 꿈은 무엇입니까'라는 질문 속에는 '당신은 도대체 무엇을 통해 성공하고 싶습니까'라는 뉘앙스가 묻어 있다. 하지만 꿈은 본래 그렇게 평면적이고 단순한 것이 아니다. 차라리 일장춘몽일지라도, 꿈을 꿀 수 있는 사람은 편견이나 매너리즘에 갇히지 않는다. 아직 꿈을 꿀 수 있는 사람은 '먹고사니즘'의 덫에 걸려 스스로의 가능성을 마비시키지 않는다.

진정한 꿈이라는 것이 결코 '성공'이나 '직업'에 국한되는 것이 아님을 아름답게 증언하는 대표적인 문학 작품이 어니스트 헤밍웨이의 『노인과 바다』다. 산티아고 노인의 원래 꿈은 최고의 월척을 낚아 아직 자신이 건재함을 온 마을 사람들에게 보여주는 것이었다. 자타가 공인하는 최고의 어부였던 그는 사실 과거에 꿈을 이미 이뤘던 사람이다. 문제는 그 명성을 노인이 되어서도 유지하는 것이었는데, 산티아고는 '행복한 노년'을 보내는 데는 실패했다. 그는 형편없이 가난해졌으며 끼니조차 이웃 소년의 힘을 빌려야 하는 처량한 처지가 되고 말았다. 그런데 천신만고 끝에 한평생 잡아본 물고기 중 가장 거대하고 아름다운 청새치를 잡는 순간, 즉 꿈을 이룬 순간부터 거침없는 내리막길이 시작된다. 드디어 꿈을 이룬 줄 알았는데, 그 순간 '꿈의 결과물'을 사수해야 하는 더욱 무시무시한 미션이 주어진 것이다. 엄청난 괴력을 지닌 청새치를 잡는 것도 목숨을 건 일이었지만, 몰려드는 상어 떼로부터 청새치를 지켜내는 것은 이미 진을 다 빼버린 산티아고 노인에게는 생명을 위협하는 위험천만한 일이었다. 하지만 뼈만 남은 청새치의 잔해를 배에 묶은 채 다녀온 다음 날, 사람들은 드디어 산티아고 노인의 위대함을 알아보기 시작한다. 뼈의 길이를 가늠해보는 것만으로도 그 마을 어부들은 산티아고 노인이 겪은 간난신고를 충분히 상상할 수 있었던 것이다.

산티아고 노인은 젊었을 때 자주 꾸곤 했던 '사자 꿈'을 다시 꾸기 시작한다. 눈부신 갈기를 휘날리며 푸르른 초원을 달리는 사자 꿈을 다시 꾸는 것, 그것은 아직 그에게도 새로운 가능성이 남아 있음을 발견하는 일이었다. 거대한 청새치를 잡을 수 없어도, 아직 그가 '사자 꿈'을 꿀 수 있다는 것은 그의 무의식이 여전히 무언가를 새로 시작할 용기를 발견했음을 의미하는 것이었다. 당신이 서른이 넘었는데, 아직 꿈을 찾고 있다면. 그것은 결코 뒤늦은 감정의 사치가 아니다. 그것은 아직 당신이 새로운 삶의 찬란한 가능성을 포기하지 않았다는, 아름다운 내면의 신호탄이다. 나는 서른이 넘어서야 내가 진짜로 하고 싶은 일을 깨달았다. 그 전에는 '직업'이나 '직장'을 가져야만 진짜 어른이 될 수 있다고 생각했기에 진정한 꿈이 '작가'라는 것을 깨닫지 못했다. 서른이 넘어서야 내 꿈을 깨달았지만 그것은 결코 늦은 것이 아니었다. 꿈을 이루기 위해 필요한 것은 야망이나 적극성이 아니라, 완연한 때가 무르익기를 기다리는 몸짓이다. 나는 남들보다 대학을 1년 더 다니며 오히려 철이 들었다. 박사과정을 남들보다 늦게 시작하고, 논문도 남들보다 엄청나게 늦게 쓰면서 오히려 더욱 성숙해졌다. 때가 무르익기를 기다림은 결코 남들에게 뒤떨어지는 것이 아니었다. 당신이

'늦은 나이에도 불구하고' 아직 꿈을 꿀 수 있다면, 그것은 남들에게 뒤지는 것이 아니라 나 자신을 매번 새로이 발견할 용기를 잃지 않은 것이다. 서른이 넘도록, 심지어 여든이 넘어서도, 아직 매 순간 새로운 꿈을 꿀 수 있는 사람. 그런 사람이야말로 '다른 삶을 살 수 있다'는 가능성을 평생 열어놓을 줄 아는 지혜롭고 용감한 존재가 아닐까.

성장과 치유를 방해하는 방어기제들

“하나도 안 취했다”고 우기며 갈지자로 걷는 사람, “택시 탔어, 금방 집에 들어갈게”라고 수화기 저편의 아내에게 호언장담하면서 폭탄주를 한창 제조 중인 사람, 심각한 부정부패를 저질러놓고도 청문회에서 “기억이 나지 않는다”고 주장하며 국민을 우롱하는 사람, 폭력을 써서 일을 해결하려 했다가 마음대로 되지 않자 “저쪽이 먼저 시비를 걸었다”면서 날조된 스토리를 만들어내는 사람들의 공통점은? 바로 심리적 방어기제를 남용하거나 악용하고 있다는 점이다. 방어기제는 눈앞에 닥친 불안을 제거하기 위해 타인은 물론 자신의 감각을 속이는 정신의 책략이다. 인간은 부정적인 감정으로부터 도피하기 위해 다채로운 방어기제를 활용한다. 너무 커다란 충격으로부터 스스로를 보호하기 위해 ‘망각’이라는 방어기제를 활용하고, 잘못을 했을 때 자책감으로부터 벗어나기 위해 '내가 아니어도, 다른 사람이라도 그렇게 했을 거야'라는 식의 '합리화'라는 방어기제를 활용한다.

방어기제는 고통과 불안으로부터 벗어나려는 정신의 술책이지만, 궁극적으로는 내가 지닌 진짜 문제와의 '대면'을 가로막기에 치유와 성장을 방해할 때가 있다. 내면의 치유를 가로막는 대표적인 방어기제의 모습들에는 어떤 것이 있을까. 첫째, 있는 그대로의 현실을 받아들이기 힘들어 그것을 왜곡하거나 부정함으로써 상황으로부터 도피하는 것이다. 예컨대 행복만 삼키고 불행은 무조건 뱉어내는 감탄고토의 자세가 결국에는 성장을 방해한다. 얼마 전에 한 미용실에 갔다가 화장실에 이런 문구가 붙어 있는 것을 보았다. "일하는 동안 낄낄낄 웃는다. 유머러스한 사람과 친하게 지낸다. 부정적인 사람을 멀리한다. 하기 싫은 일은 열심히 해서 최대한 빨리 끝내버린다." 이렇게 부정적인 것을 무조건 멀리하기만 한다면, 부정적인 것이 왜 우리를 괴롭히는지 생각해볼 여유가 없게 되지 않을까. 안 웃겨도 억지로 웃고 늘 밝은 표정을 지어보이라고 하며 부정적인 에너지는 아예 침투를 못 하게 한다면, 우리 안에서 시시각각 일어나는 어두운 감정들은 어디로 갈까. 모든 감정은 어떤 방식으로든

분출을 원한다. 분출의 물꼬를 만들어주지 않으면 언젠가는 방어의 둑이 무너져 온갖 억압된 감정들이 쏟아져 나와 더 큰 사고를 일으킬 수도 있다.

둘째, '난 절대로 철들지 않을 거야'라고 생각하며 어른스러운 책임을 회피하는 경우다. 가볍게 보면 피터 팬 콤플렉스라며 웃어넘길 수도 있지만, 이런 책임 회피는 주변 사람들에게 많은 피해를 줄 수 있다. 얼마 전에 자신은 취직 같은 건 하지 않고 아르바이트만 부지런히 해서 언젠가는 꼭 성형수술을 할 것이라고 선언하는 20대 청년의 이야기를 들었다. 절대 철들지 않을 거라며, 어른 따위는 되지 않을 거라는 가시 돋친 말과 함께. 걱정이 된 내가 넌지시 물어봤다. 엄마가 늘 네 곁에 있어 주실 것 같니. 일찍 남편을 잃고 지금까지 너만을 바라보며 열심히 일만 했던 너희 엄마가, 자신의 인생을 찾고 싶어 하신다면 어떻게 할 거냐고. 그 말만 했을 뿐인데, 청년의 눈에서 눈물이 펑펑 쏟아지기 시작했다. 자신이 철들지 않고 제멋대로 살 수 있는 원동력은 '늘 나만 바라보고 나를 지켜주는 엄마가 항상 나를 지원해줄 것이다'라는 믿음 때문이었음을 이제야 깨달은 것인지도 모르겠다.

내면의 성장을 가로막는 세 번째 방어기제는 자극이 오기도 전에 아예 자극 자체를 차단해버리는 예방적 방어기제다. 몇 년 전에 한 편집자에게서 '밝고 행복한 분위기'의 글을 계속 써달라는 청탁을 받은 적이 있다. 심각한 이야기, 어두운 분위기, 힘겨운 일에 대한 이야기는 전혀 써서는 안 된다고. 편집장이 슬픔이나 불행에 대한 이야기를 너무 싫어한다는 것이었다. 나는 그때 깨달았다. 슬픔이나 불행, 갈등이나 분열, 절망이나 낙담 없는 감수성이란 내게는 불가능하다는 것을. 타인의 슬픔에는 아예 귀 기울이지 않는 것이 '행복이라는 이름의 배타적 성곽'을 쌓아놓고 그 안에서만 안전하게 살아가는 사람들의 특징이 아닐까. 정치적 검열이라기보다 감수성의 검열이라는 점에서 더욱 충격적으로 다가왔다. 그때 알았다. 이 세상에는 기쁨이라는 이름의 검열, 행복이라는 이름의 검열, 희망이라는 이름의 검열이 있다는 것을.

오늘 우리는 어떤 방어기제를 사용하며 위기에 대처했을까. 방어기제는 선량한 의도의 하얀 거짓말에 그칠 때도 있지만, 진실과 마주하기 두려워 끊임없이 회피하는 정신의 퇴행일 수도 있다. 하지만 방어기제만으로는 부족하다. 우리의 몸과 마음에는 줄기찬 방어보다 더 지혜로운 에너지, 즉 내 삶을 내가 가꾸고, 그 어떤 외부의 공격도 내 힘으로 막아낼 수 있는 내면의 힘이 분명 꿈틀거리고 있다. '더 이상 방어만 하지는 않겠다, 이제 내 의지와 열망의 부름대로 살아가야지'라고 결심하는 순간, 진정한 희열이 찾아온다.

잃어버린 손의 따스함을 찾아 떠나는 오디세이

삶을 송두리째 뒤흔드는 뼈아픈 상처 이후에도 우리는 성장할 수 있을까. 오랫동안 내 마음속에 둥지를 튼 쓰라린 질문이다. 상처 입은 사람들이 끝내 그 상처라는 감옥에 갇혀 스스로를 감금하며 세상 밖으로 나오지 않는 모습도 많이 보았고, 상처를 딛고 끝내 이전보다 오히려 더 내적으로 아름답고 성숙한 모습으로 세상 밖으로 용감히 발을 디디는 사람들도 많이 보았다. 상처를 피할 방법은 없다. 매일 불의의 사건이 지구촌 곳곳에서 쉴 틈 없이 터지는 이 세상에서 우리는 꼭 '나의 상처'가 아닐지라도 주변 사람들의 상처를 수없이 목격하며, 미디어에 등장할 만큼 주목받지 못해도 우리 자신에게도 늘 크고 작은 상처의 위협이 도사리고 있다. 어쩌면 어떤 미디어도 주목하지 않는 상처, 오래전에 잊혔거나 '뉴스거리가 되지 않는다'는 이유로 버려진 상처, 그리고 상처 입은 사람들이 너무 가슴이 아파 차마 누구에게도 털어놓지 않았기 때문에 세상 밖으로 공개되지 않은 상처들에 우리가 귀를 기울여야 하는 것이 아닐까. 인터넷으로 검색되지 않는 상처, 미디어가 조명하지 않는 상처야말로 우리 예술가들이 더 따스하고 깊은 내면의 품 안에 보듬어야 할 모두의 상처일 것이다.

인형극 「손 없는 색시」는 바로 그런 상처, 누구도 돌봐주지 않기에 자칫 '이제는 사라지고 없는 것처럼' 묻혀버릴지도 몰랐던 상처를 아주 여리고 고운 목소리로 들려준다. 행복한 신혼의 단꿈을 접어놓고 황급히 전쟁터로 떠난 남편을 기다리며 하루하루 희망을 잃지 않고 살아가던 색시에게 어느 날 평소 남편이 보내던 소포보다 훨씬 커다란 소포가 도착한다. 배 속의 아기를 위한 다정한 선물을 기대하며 소포를 풀어보는 순간, 아내의 가슴은 무너져 내리고 만다. 소포 속에는 너무도 비참한 모습으로 목숨을 잃은 남편의 시신이 들어 있었던 것이다. 그날부터 이 세상 누구에게도 자신의 슬픔을 위로받지 못해 스스로의 손으로 가슴을 쓸어내리며 두드리며 다독거리며 간신히 견디던 색시에게 또 하나의 끔찍한 사건이 일어난다. 쓰라린 상처를 어루만져 주던

유일한 벗, 색시의 손이 반란을 일으킨 것이다. "당신의 쓰디쓴 가슴을 만지는 일! 다시는 없어!" "한숨 쉬고 가슴 두드리고, 가슴 두드리고 실컷 울고…… 지긋지긋해." "싱싱하고 펄펄 뛰는 걸 만질 거야. 당신의 썩은 슬픔만 아니면 뭐든!" 사랑하는 남편도 이제 이 세상에 없는데 손마저 없어지면 아이를 어떻게 키우나 싶어, 색시는 울며불며 손에게 매달리지만 손은 냉정하게 돌아서며 멀리 떠나가 버린다. "내가 만지고 싶은 걸 만지는 근사한 몸을 만날 거야." 손은 마치 매혹적인 팜파탈처럼 차가운 말을 남겨놓은 채 주인을 떠나고 만다.

손의 깜찍한 반란은 관객으로 하여금 수많은 생각할 거리를 던져준다. 손이 없다면 우리는 뭘 할 수 없어지는 걸까. 어쩌면 그동안 우리는 공기처럼 물처럼 당연히 여기던 '손'을 너무 혹사한 것이 아닐까. 일하는 손, 휴대폰을 만지는 손, 버스나 지하철을 탈 때 우리 몸의 무게를 지탱해주는 손, 이런 '실용적인 손의 쓰임새'만을 생각하느라, 아픈 마음을 어루만지는 손, 타인의 외로운 어깨를 두드리는 손, 사랑하는 이를 기쁜 마음으로 와락 끌어안는 손의 소중한 치유적 힘을 망각해온 것은 아닐까.

그런데 손을 잃은 후 비로소 이 상처 입은 색시의 진정한 오디세이는 시작된다. 손을 잃은 후 이제 '남편도 없는 내가 손도 없이 어떻게 아이를 키울까' 하는 절망에 빠져 목을 매려는 순간, 마치 엄마의 죽음을 막으려는 듯 아기가 불쑥 태어나고, 아기는 배 속에서부터 마음고생을 너무 많이 해 쪼글쪼글한 노인의 모습으로 세상에 나오게 된다. 엄마 찾아 삼만 리도 아닌 '내 손 찾아 삼만 리' 여행을 떠나게 된 두 사람은 참혹한 전쟁으로 인해 구천을 떠도는 원혼들의 슬픔과 만나게 되고, 먼저 세상을 떠난 가족을 잊지 못해 하루하루 전쟁보다 더 끔찍한 마음의 아픔과 싸우는 사람을 만나게 된다. 아, 나만 아픈 게 아니었구나. 나만 죽을 듯이 힘든 것이 아니었구나. 자기만의 슬픔에 빠져 있던 색시는 손을 잃고 나서야, 손을 찾기 위해 집 밖으로 나가고 나서야, 타인의 슬픔으로 열린 커다란 마음의 문을 향해 걸어가게 된다. 내 슬픔만이 이 세상 전부가 아니라는 것을 깨닫는 순간 또 다른 삶의 문은 열리고, 치유의 위대한 발걸음도 시작된다.

이 작품을 보며 나는 '손의 쓰임새'에 대해 다시 생각해보게 되었다. 우리는 그동안 너무 일하는 손만을 중시해온 것은 아닌가. 잠든 아기의 이마를 짚어주며 '우리 아기 아프지 않은가' 하고 궁금해하는 손, 이 세상의 열리지 않는 온갖 문들을 두드리며 '제발 내 이야기를 들어달라' 외치는 손, 쓰다듬을 것이 자신의 아픈 가슴뿐인 외로운 사람들의 더 외로운 손, 부디 다른 사람의 손을 한 번만이라도 잡아보고 싶지만 용기가 나지 않아서 세상이 너무 무서워서 밖으로 나오지 못하는 손. 이렇게 아프고 외롭고 쓸쓸한 손들, 그리고 그 손을 잡아주고 싶고 쓰다듬어주고 싶은 또 다른 손들의 따스한 온기와 위로의 힘을 우리는 오랫동안 잊고 살아오지 않았는가.

혹시라도 '나는 별로 쓸모없는 사람', '나는 별다른 가치가 없는 사람'이라는 생각 때문에 가슴앓이하는 분이라면, 꼭 「손 없는 색시」의 슬프도록 아름다운 이야기의 바다 속으로 당신을 안내하고 싶다. 당신의 손은 바로 그런 일을 해낼 수 있으니까. 누군가를 위로하고 누군가를 쓰다듬고 누군가의 아픔을 치유하는 손. 우리 모두는 그런 손의 힘을 아직 충분히 발휘하지 못하고 있는 것은 아닐까. 이 아름답고 곰살궂은 인형극은 당신으로 하여금 '우리가 잃어버린 손의 쓰임새'를 되찾게 해줄 것이다. 나는 「손 없는 색시」를 통해 깨닫는다. 살짝 잡는 것만으로도 가슴이 설레고, 가만히 어루만지는 것만으로도 마음이 따뜻해지고, 토닥토닥 두드리는 것만으로도 아픈 마음이 치유되는 이 위대한 손의 힘을. 오늘 저녁에는 너무 오랫동안 두드려주지 못했던 내 가족의 외로운 등짝을 살며시 쓰다듬어주어야겠다. 내가 가진 최고의 아름다운 무기, 이 따뜻하고 조그마한 손으로.

트라우마에 굴복하지 않는 마음의 위력

어떤 트라우마는 인간에게 뜻밖의 성장의 화두를 던져주는 변신의 계기가 될 수도 있지만, 어떤 트라우마는 영원히 지워지지 않을 것만 같은 흉터로 남아 삶 자체를 집어삼킬 수도 있다. 김금희의 『경애의 마음』은 참혹한 트라우마에 갇혀 화석처럼 굳어버린 마음을 안고 사는 두 주인공의 이야기를 통해 '인간은 과연 트라우마로부터 벗어날 수 있는가', 그리고 '과연 트라우마를 극복하는 힘은 어디서 비롯되는가'라는 묵직한 화두를 던져주는 작품으로 다가온다. 고등학교 시절 불의의 화재 사건으로 소중한 친구들을 한꺼번에 잃고 혼자 살아남았다는 죄책감을 안고 살아온 경애. 그 화재 사건에서 단 한 명의 절친한 벗을 잃어버린 채, 그 후로는 한 번도 누군가에게 진심으로 이해받거나 존중받아본 적이 없는 쓸쓸한 삶을 살아온 상수. 이 두 사람의 이야기는 서로 전혀 상관없어 보이지만 사실은 삶의 곳곳에서 뿌리 깊은 인연의 사슬로 묶인 타인과 타인이 나눌 수 있는 뜻밖의 소통, 그리고 그 소통이 빚어낸 불가해한 치유의 아름다움을 증언한다.

마음을 어떻게 폐기하느냐고 물었지요. 어떻게 하면 그럴 수 있느냐고. 그 사람이 나 너랑 전처럼 자고 싶어, 따뜻하게,라고 말한 날이 있었고 당신은 결정했고 그렇게 욕실에 들어갔다 나오자 정작 그는 집으로 돌아가겠다며 옷을, 양말까지 챙겨 신은 뒤였다고. 그러고 나서 데려다주겠다는 그 사람 차에 타지 않고 택시로 강변북로를 달려 돌아오는데 자신이 완전히 파괴되었다는 생각이 들었다고 했잖아요. (…) 폐기 안 해도 돼요. 마음을 폐기하지 마세요. 마음은 그렇게 어느 부분을 버릴 수 있는 게 아니더라고요. 우리는 조금 부스러지기는 했지만 파괴되지 않았습니다. 우리는 언제든 강변북로를 혼자 달려 돌아올 수 있잖습니까. 건강하세요, 잘 먹고요, 고기도 좋지만 가끔은 채소를, 아니 그냥 잘 지내요. 그것이 우리의 최종 매뉴얼이에요.

— 김금희, 『경애의 마음』, 창비, 2018, 176쪽.

작품 속에서 좀처럼 가까워지지 않는 두 사람, 경애와 상수의 공통점은 의외로 많다. '아무도 나를 이해해주지 않는다'는 뼈아픈 소외감을 안고 살아왔다는 것, '이제 다시는 누군가를 온전히 사랑할 수 없을 것만 같다'는 뿌리 깊은 공포를 안고 살아간다는 것, 그리고 '반도미싱'이라는 같은 회사를 다니면서 온갖 무시무시한 감정 노동에 시달리고 있다는 것. 두 사람은 한 팀에서 일하게 되면서 진정한 소통의 기회를 여러 번 가지지만, 매번 그 기회를 날려버린다. 상수는 팀장으로서 책임감과 리더십을 발휘하고 싶어 하지만 사실 세상 누구와도 그런 진정한 파트너십을 경험해본 적이 없고, 경애는 차갑고 무심해 보이는 표정 속에 무한한 공감 능력과 잠재력을 감추고 살아간다. 산주를 향한 경애의 사랑이 잠시나마 트라우마로 얼어붙은 그녀의 마음을 녹여줄 뻔하지만, 산주의 배신으로 인해 오히려 '사랑 없는 세계'보다 더욱 끔찍한 기다림과 외로움의 시간을 견뎌온 경애.

어쩌면 경애의 희망은 경애가 가장 무심한 눈빛으로 바라보았던 존재, 경애는 물론 주변의 모든 사람들이 잉여 인간쯤으로 취급했던 상수의 분신, '언니'에게 있었던 것이 아닐까. 상수는 낮에는 '무능력한 회사원'으로 핍박받지만 밤에는 온라인 세계에서 '언니'로 활약하며 이 세상 모든 실연의 아픔에 화답할 수 있는 따스하고 지혜로운 존재가 되어 경애의 상처받은 마음을 위무하여준다. 경애는 그 사실을 전혀 모른 채 '대낮의 상수'에게서 절망과 실망을 반복해왔다. 하지만 독자는 '경애의 희망'을 판도라의 마지막 내용물이 담긴 상자를 열듯 두근거리는 마음으로 바라보게 된다. 현실의 팀장일 때보다도 온라인상의 '언니'일 때, 남자일 때보다도 여자일 때 더욱 진정한 자기 자신으로 변신하는 상수의 해맑은 순수와 예상을 뛰어넘는 공감 능력이야말로 구원의 열쇠임을 독자는 너무도 기쁘고도 애틋한 마음으로 눈치챌 수가 있다. 우리는 '경애의 마음'을 엿보며 새삼 설레는 마음으로 깨닫는다. 어쩌면 우리가 무심하게 스쳐 지나간 그 모든 하찮은 마주침 속에 우리의 생을 구원할 최고의 찬란한 기회가 숨 쉬고 있을지 모른다는 것을.

우리
언젠가는
모두
사라질 테니

인간을 가장 행복하게 하는 것도 시간의 흐름이고, 인간을 가장 괴롭히는 것도 시간의 흐름이다. 태어날 땐 혼자서는 아무것도 못 하던 갓난아기가 시간이 흘러 어느새 온 동네를 뛰어다니는 것을 보면 부모는 무한한 기쁨을 느끼지만, 오랫동안 고향을 떠난 이가 삶의 끝자락에 이르러 텅 빈 가슴으로 고향에 돌아와 보면 예전에 사랑했던 그 누구도 남아 있지 않은 것을 발견하고 뜨거운 눈물을 훔쳐야 한다. 시간은 진보와 희망의 약속이기도 하지만, 쇠락과 죽음의 징표이기도 하다. 이토록 무정한 시간의 흐름을, 후회도 원망도 없이 있는 그대로, 온몸으로 받아들인 이들이야말로 성인聖人이 아닐까. 인간사에는 아무것도 영원한 것이 없음을 뼈저리게 느꼈던 소크라테스는 성공도 역경도 '그저 지나가는 것, 그다지 집착할 필요가 없는 것'으로 여겼다. 시간의 흐름에 따라 흥망성쇠하기 마련인 인생의 빛과 그림자를 그는 온몸으로 받아들였다. 그런데 소크라테스의 수많은 격언들 중에서도 내가 가장 이해하기 힘든 문장이 하나 있었다. 바로 이것이다. "죽음은 인간이 누릴 수 있는 최고의 축복이다Death may be the greatest of all human blessings."

나는 이 문장을 읽을 때마다 아직도 등골이 서늘해진다. 사춘기 때는 아예 이해를 하지 못했고, 그 의미가 무엇인지 조금씩 깨달아갈수록 더 마음이 아려온다. 돌이켜보면 내가 사랑했던 모든 것들은 '언젠가는 죽는 것'이었다. 초등학교 때 처음으로 내 손으로 심었던 해바라기는 한 달 만에 죽었고, 내가 가족 다음으로 가장 가깝게 여겼던 반려견 복실이는 네 마리의 앙증맞은 새끼 강아지를 낳은 후 트럭에 치여 즉사했으며, 내가 사랑했던 수많은 시인이나 소설가, 철학자는 이미 죽은 사람들이었다. 무엇보다도 내가 사랑했던 모든 사람들은 언젠가는 죽는다. 그런데 이게 왜 축복이란 말인가. 우리를 뼈아픈 고통 속으로 몰아넣을 이 죽음이 왜 인간의 축복이란 말인가. 그런데 어느 날 갑자기 나는 질문을 바꾸어보았다. 해바라기가 불멸의 존재였다면, 반려견 복실이가 영원히 죽지 않는 존재였다면, 내 가족과 내가 사랑했던 모든 사람들이 영생 불사의 존재였다면, 나는 과연 그들을 그만큼 애틋해하고 그리워하고 안타까워했을까.

우리에게 무한정의 시간이 남아 있다면, 우리는 지금처럼 서로를 아끼고 사랑하지 못할 것 같다. '시간이 많이 남아 있으니, 내일 사랑해도, 한 몇 년 뒤에 사랑해도, 아니 200년 후에 사랑해도 될 것 같다'고 생각하지 않을까. '그녀에게 오늘은 꼭 내 마음을 고백해야지' 하고 생각하던 젊은이도 갑자기 무한정의 시간을 얻게 된다면, '나중에, 좀 더 준비가 되면, 그녀도 나를 좋아한다는 확신이 들면 그때쯤 고백해야겠다'라고 생각하지 않을까. 브램 스토커의 『드라큘라』에서 흡혈귀가 되어버린 존재는 삶에서 어떤 의미도 찾지 못한 채 결국 '언젠가는 죽을 것이 분명한 존재, 평범한 인간'을 부러워하게 된다. 그들에게는 그 무엇도 절실한 의미를 지니지 못했으며, 오직 피에 대한 굶주림만이 '죽지도 살지도 못하는 운명'을 증언하는 저주의 흔적이 되어버리고 말았다. 영생은 결코 우리가 상상하는 것만큼 눈부신 축복이 아니었던 것이다. '한 번뿐인 인생'이라는 모두에게 똑같이 주어진 제한조건이 우리를 그토록 간절하게 무언가를 열망하도록 만들었던 것이다. 언젠가는 우리 모두 사라진다는 것, 언젠가는 이토록 사랑했던 기억마저도 사라진다는 것이 우리로 하여금 '한 번뿐인 이 생애'를 꽉 붙들게 만들어준 것이다.

돌이켜보면 잊을 수 없는 감동을 느끼게 해준 대부분의 문학 작품들이 '한정된 시간 앞의 인간'이라는 주제를 다루고 있었다. 오 헨리의 『마지막 잎새』에는 '창밖의 나뭇잎이 다 떨어지면 나는 죽을 거야'라는 상념에 시달리던 환자 존시에게 '아무리 바람이 불어도 결코 떨어지지 않는 마지막 잎새'를 그려준 화가 할아버지가 등장한다. 그는 40년 동안 단 한 번도 걸작을 그리지 못한 무명 화가였지만, 자신의 생명을 걸고 '마지막 잎새'를 그림으로써 쓸쓸한 그의 인생 자체를 불멸의 걸작으로 만들었다. 정작 폐렴에 걸려 죽을 날만 기다리고 있었던 존시는 그 마지막 잎새 덕분에 희망을 얻어 살아나고, 마지막 잎새를 그리느라 온갖 비바람을 견디며 밤새 고생을 한 할아버지는 세상을 떠나고 만다. "시간이 얼마 남지 않았네. 그렇게 바람이 불었는데 저 잎사귀가 팔락거리지도 않았다는 게 이상하지 않니? 마지막 잎사귀가 떨어졌던 날 밤에, 할아버지가 저걸 그린 거야." 그의 작품은 결코 유명한 미술관에 전시된 적도, 비싼 값에 팔린 적도 없지만, 죽어가는 한 사람을 위해, 오직 그에게 '살 수 있다'는 희망을 주기 위해 그린 마지막 잎새는 이 세상 어디에서도 구할 수 없는 숨은 걸작이 되어 우리 마음을 밝혀준다.

마지막이라는 것, 바로 그것이다. 인간에게는 '마지막'이 있기에, 우리가 애착을 가지는 그 모든 것들이 언젠가는 '마지막'을 예비하고 있는 것이기에, 삶은 비로소 눈부신 축복이 될 수 있다. '시간'이라는 것이 존재하기에 우리에게는 '처음'과 '마지막'이 있다. 태어남과 죽음이 있고, 첫사랑과 마지막 사랑이 있으며, 당신을 처음 만난 순간과 당신을 마지막으로 만난 순간이 존재하게 된다. 그 모든 것이 시간의 축복이다. 하지만 시간 자체는 선하지도 악하지도 않다. 시간의 장벽 앞에서 우리 앞에 주어진 한 번뿐인 삶을 아름답게 하는 기술, 그것은 바로 삶에 대한 사랑, 타인에 대한 사랑, 그리고 우주 만물에 대한 사랑일 것이다. 『오이디푸스왕』의 작가 소포클레스는 인간으로서 겪어야 할 가장 끔찍한 고통을 그렸으면서도 또한 인간으로서 누릴 수 있는 가장 눈부신 축복의 씨앗을 심어놓았다. 그가 남긴 축복의 씨앗 또한 바로 사랑이었다. "낱말 하나가 삶의 모든 무게와 고통에서 우리를 해방시킨다. 그 말은 사랑이다One word frees us of all the weight and pain of life: That word is love." 단지 커플 간의 사랑이 아니라, 그 어떤 비극 앞에서도 무릎 꿇지 않는 인간의 '삶에 대한 사랑'이야말로 시간의 장벽을 뛰어넘는 마지막 무기일 것이다.

그렁그렁,
눈물이
고이는
순간

나에게 인간의 감각기관 중 가장 신기하게 느껴지는 것은 '눈'이다. 눈은 어떻게 이 모든 것을 혼자 다 해낼 수 있을까 싶을 정도로 다채로운 재능을 뽐낸다. '눈은 마음의 창'이라는 말도 있듯이 인간의 눈은 보는 것 말고도 많은 것을 스스로 드러내준다. 눈은 때로는 눈물로 촉촉해지고, 신기한 것을 보면 초롱초롱해지고, 아예 감고 있을 때마저도 무언가를 말하는 듯한 신비로운 환상을 불러일으킨다. 눈은 자신도 모르게 마음의 상태를 드러내주는 창 역할을 하고, 눈물이 맺히거나 흘러내릴 때는 그 투명한 눈물의 통로가 되어주기도 한다. 초롱초롱 빛나는 눈은 세상을 향한 마르지 않는 호기심과 존재를 향한 깊은 관심을 보여주기도 한다. 눈은 단지 '보기'만 하는 것이 아니라 '보임'으로써 우리에게 많은 것을 알려주는 영혼의 메신저다. 그렁그렁 눈물이 고일 때, 초롱초롱 눈이 빛날 때, 그리고 마침내 왈칵 눈물이 쏟아질 때. 묵은 감정은 깨끗이 정화되고 삶은 눈부신 전환점을 맞는다.

우리의 눈에 그렁그렁 눈물이 맺힐 때는 꼭 엄청나게 슬플 때만은 아니다. 감동적인 영화를 몇 번이고 반복해서 볼 때, 어떤 대사가 나올지 뻔히 알면서도 그 순간이 찬란하게 빛나는 단 한 번뿐인 시간처럼 느껴진다. 영화 「노팅 힐」을 다시 보면서 어김없이 눈물이 그렁그렁 맺힌 장면이 있다. 안나(줄리아 로버츠)는 자신이 유명인이라는 사실 때문에 '나는 저 사람에게 분명히 또 상처받을 것이다'라는 생각을 하며 사랑을 거부하는 윌리엄(휴 그랜트)에게 고백한다. 자신은 특별한 사람으로 여기 온 것이 아니라 사랑을 꿈꾸는 평범한 여자로서 찾아온 것이라고. 윌리엄이 운영하는 서점에 조심조심 들어와, 자신이 가장 아끼는 샤갈의 그림을 선물하며 안나는 이렇게 말한다. 잊지 말아달라고. 나는 그저 한 남자 앞에서 자신을 사랑해줄 것을 부탁하고 있는 여자일 뿐이라고. 이 장면을 볼 때마다 나는 어김없이 그렁그렁 눈물이 맺히고, 콧날이 시큰해진다.

이와이 슌지 감독의 「러브레터」 또한 아무리 여러 번 봐도 시들지 않는 감동을 선사한다. 사랑하는 약혼자 후지이 이츠키를 잃고 혼자 남겨진 히로코. 그 사람이 죽은 것을 알면서도 그의 중학교 시절 주소로 편지를 써 보내는 그녀의 '비합리적인 몸짓' 때문에 이 아름다운 이야기의 기적은 시작된다. 정말 거짓말처럼 후지이 이츠키로부터 답장이 왔고, 그때부터 죽은 애인과 동명이인인 이츠키와의 펜팔이 시작된다. 히로코가 약혼자가 조난당한 설산에서 고인과 작별 인사를 하는 장면은 아무리 보고 또 봐도 질리지 않는다. 그가 죽은 지 2년이 지난 뒤에야 비로소 아주 힘겹게 작별 인사를 시작하는 히로코는 마치 살아 있는 사람에게 따스한 안부를 묻는 것처럼 간절하게 눈 쌓인 겨울 산을 향해 외친다. "잘 있나요? 저는 잘 있습니다!" 김소월의 「초혼」처럼 이미 이 세상 사람이 아닌 그를 부르고 또 부르다 목이 터져 죽어버릴 것만 같은 애절함으로 히로코는 외친다. 잘 있냐고. 나도 잘 있다고. 이 장면의 뜨거운 감동은 '그렁그렁'보다는 '왈칵'이라는 의태어와 더 잘 어울린다.

천재 소녀 메리의 양육권을 놓고 외삼촌과 외할머니가 다툼을 벌이는 영화 「어메이징 메리」는 전혀 예상치 못한 대

목에서 그야말로 '철철' 눈물을 쏟게 만들었다. 세계적인 수학 천재였던 엄마가 자살한 뒤 외삼촌의 손에 자란 메리는 학교도 가기 싫고, 친구도 사귀기 싫고, 오직 외삼촌과 애꾸눈 고양이, 책만 사랑하는 외로운 아이였다. 외할머니는 어떻게든 메리를 최고의 영재로 키우고 싶어 하지만, 외삼촌은 메리의 엄마가 자살한 이유가 바로 그 천재를 사회로부터 고립시키는 지독한 스파르타식 훈육이었음을 기억한다. 차마 그런 무시무시한 외할머니 손에 메리를 맡길 수 없는 외삼촌이 궁여지책으로 위탁 가정에 메리를 맡기자, 메리는 울며불며 외삼촌에게 매달린다. 외삼촌은 자신의 가난과 불안정한 생활이 메리에게 악영향을 끼칠까 고민했지만, 정작 메리에게 필요한 것은 값비싼 노트북이나 피아노가 아니라 세상에 없는 엄마이자 아빠이자 친구의 역할을 해주었던 자신의 사랑이었음을 깨닫는 장면에서 왈칵 눈물이 솟았다. 이렇듯 아름다운 이야기를 읽고 듣고 보며 눈물이 그렁그렁 고이는 순간. 바로 그런 순간이 '우리의 눈이 최고로 행복해하는 시간'이다.

내
마음이
이끄는
길을
따라가는
삶

얼마 전 편의점에 들렀다가 아이들의 대화를 들으며 깜짝 놀랐다. 남자아이들이 음료 하나를 고르면서 칼로리 계산을 하며 싸우는 것이었다. 이제 열두세 살이나 될까 말까 한 아이들의 대화가 자못 살벌했다. "이게 더 칼로리가 낮은 거야, 나중에 누구누구처럼 되고 싶지 않으면 저칼로리 음료를 먹어야 해." "음료수 하나 마시는데 꼭 칼로리를 걱정해야 해?" '칼로리'라는 확실한 기준을 들이대는 친구 앞에서 자신의 꾸밈없는 감정과 욕망을 고백하는 솔직한 아이는 오히려 움츠러들었다. 그 아이는 자신이 원래 먹고 싶었던 음료를 애처롭게 바라보며 쓸쓸하게 중얼거렸다. "그래도 저게 훨씬 맛있는데." 결국 '자신이 진정 원하는 것'은 결정의 변수가 되지 못하고 한 아이는 친구의 잔소리에 따라, 아니 '칼로리 계산'이라는 지상명령에 따라 맛없는 저칼로리 음료를 골랐다. 최근에는 남성들까지도 피부 관리와 몸매 관리에 엄청난 시간과 돈을 투자한다는 뉴스를 보며 걱정스러웠는데 이렇게 어린 소년들에게까지 그런 억압적인 세계관이 침투해 있을 줄은 몰랐다. 이제 외모에 대한 스트레스는 어린 남자아이들의 정신세계까지 점령해가고 있는 것일까.

이 사회가 아이들을 얼마나 괴롭혔으면 저렇게 좋아하는 음료 하나 마음대로 못 마시게 된 것일까. 자신이 원하는 것을 쉽게 포기하고, 어른들의 강요에 따라 또는 타인의 우선순위에 따라 다음 행동을 결정하는 버릇은 아이들에게 어떤 영향을 미칠까. 지금 당장 내가 원하는 바로 그것으로 질주하지 못하고 끊임없이 자기 행위의 효용 가치와 미래의 결과를 계산하게 만드는 것. 칼로리로 음료의 가치를 결정하는 행위는 '내가 진정으로 무엇을 원하는가'라는 질문과는 이미 한참 멀어져 있는 것이다. 나는 아이들이 주변 사람들의 이런저런 갑론을박이 아니라, 일부 어른들의 편향된 가치관이 아니라, '바로 나 자신이 진정으로 원하는 것'을 올바르게 찾는 법을 배울 수 있기를 빌었다. 그냥 원하는 것을 지금 실천해도 아무도 너희들을 함부로 판단할 수 없다는 사실을 아이들에게 말해주고 싶었다. 정말 나쁜 것은 타인의 외모로 타인의 가치를 평가하는 행동이지, 당장 스스로 원하는 음료 하나조차 마음대로 결정하지 못하는 너희들이 아니라고 이야기하고 싶었다.

하지만 돌이켜보니 그것은 아이들만의 이야기가 아니었다. 어른들은 사실 더 많은 상황과 더 복잡한 변수에 따라 자기 행동의 가치를 결정한다. 천진무구하게 '내 가슴에서 들려오는 소리'에 따라 다음 행동을 결정하는 어른이 과연 얼마나 될까. 나 또한 타인의 시선 때문에 또는 내 무의식 깊숙이 붙박여 있는 자기 검열의 시선 때문에 진정으로 원하는 것들에서 한없이 멀어진 적이 얼마나 많았던가. 우리는 누구의 시선도 없는 곳에서 과연 어떤 삶을 원하는가. 소비자이자 시청자이자 노동자이자 가족의 일원이자 국가의 일원인 우리는 과연 언제 어떻게 '진짜 나 자신'이 될 수 있을까.

"타락 이전에는 본의 아닌 행동은 없었다고 해. 타락 이전에 '아담에게 본의 아닌 음경의 발기란 결코 없었어. (…) 아담과 이브는 하고 싶은 일이 있으면 그냥 그 일을 했어. 그러나 여러분은 배배 꼬여 있어. 여러분은 곤경에 처해 있지. 여러분이 하고 싶은 일과 해야 하는 일은 어긋나잖아. 여러분은 밖에 나가 친구들과 맥주 한 잔 하고 싶지만 일련의 전투를 헤쳐 나가지 않으면 안 되잖아. 타락 이후 여러분은 이항 대립의 틀에 빠진 거야. (…) 자, 여러분의 영혼의 맥을 짚어보라고. 이건 아주 이기적인 사업이야."

— **데이비드 덴비, 김번 · 문병훈 옮김, 『위대한 책들과의 만남 Ⅰ』, 씨앗을뿌리는사람, 2008, 57쪽.**

나만의 윤리,
에토스ethos를 향해

'지금 무엇을 먹을까' 같은 아주 단순한 결정부터 시작하여, '장래 희망을 무엇으로 정할까', '결혼은 언제, 누구와 할까', '아이를 낳아야 할까' 같은 중차대한 결정 앞에서 우리는 흔들린다. 현대인들은 점점 복잡해지는 선택의 기준 앞에서 방황한다. 원래 오렌지 주스를 사러 갔다가 다른 상품이 '원 플러스 원' 세일 중이라 엉뚱한 음료를 사오기도 하고, '이 길만이 내 길이야'라고 생각하고 장기간 노력했던 장래 희망을 한순간에 바꿔버리기도 한다. 자신에게 필요하다고 믿는 무언가를 인터넷 검색을 통해 구매하려는 순간, 우리는 '세상에 이토록 비슷한 상품이 많다'는 것에 경악한다. 무엇을 검색해봐도 수백, 수천 가지의 상품이 튀어나오고, 똑같은 상품을 다른 가격과 다른 혜택으로 파는 곳도 부지기수다. 그렇게 세밀하다 못해 쫀쫀한 선택의 무한 가짓수 앞에서 우리는 작아지고 움츠러들고 침울해진다. 그 모든 것을 고려하여 선택하는 것은 '현명한 소비'일지 모르지만 인생을 그런 식으로 계산하고 저울질하는 동안 '지혜로운 삶'으로부터 멀어지는 것은 어쩔 수 없다. 행동의 기준을 설정하고 비교 우위를 설정하며 끊임없이 A와 B와 C를 비교하는 동안 우리는 진정한 자아로부터 점점 멀어지고 있다. 우리는 진정한 선택의 기로에 섰을 때, 모든 주변의 자극으로부터 스스로를 봉인한 채, 최대한 단순하고 순진해져야 한다. 내 마음에서 울리는 소리를 잘 들으려면 한동안 타인들이 저마다의 우위와 이익을 고수하기 위해 던지는 온갖 충고들에 귀를 막아야만 한다.

돌아가서 지나간 젊음을 찾을 생각은 없었다. 그건 생각만

해도 끔찍한 일이다. 이제야 깨달았지만 젊음은 인생에서 가장 과대평가된 기간이다. (···) 나는 인생의 초반부를 빈둥거리고 비트적대며 보내고 중년의 특권을 만끽했다. 그렇지만 나는 또 한 번의 기회, 진지하게 책을 읽으며 보내는 또 한 번의 시간, 또 한 번의 배움을 갈망했다. 나는 무엇 하나 제대로 알지 못하는 것에 넌더리가 났다. 나는 내 경력보다 더 큰 어떤 것에 나 자신을 바치고 싶었다. 나는 마흔여덟의 나이에 115번가와 브로드웨이가 만나는 컬럼비아대학 구내 서점의 서가 앞에 섰다.

— **데이비드 덴비, 앞의 책, 64쪽.**

영화 평론가이자 「뉴요커」 주요 필자이기도 했던 데이비드 덴비는 영화와 미디어 등 온갖 일 속에 파묻혀 있던 일상을 떠나 1년간 오직 고전과 함께 열아홉 살짜리 대학 새내기들과 교양 수업을 듣는 모험을 한다. 그 1년의 수업이 미디어의 독성에 절어 있던 자신의 영혼을 정화했음을 고백한다. 우리도 이처럼 '세상은 얼마나 빨리 돌아가는가'라는 질문이 아닌, '이렇게 빨리 변해가는 세상 속에서도 변하지 않는 나는 누구인가'를 질문할 시간을 필요로 하는 것이 아닐까. 사람들은 도시 생활에 지쳐 템플 스테이를 꿈꾸고 전원 주택을 꿈꾸고 귀농을 꿈꾼다. 각종 인문학 강좌에 청중이 몰리고 '잘 먹고 잘사는 삶'이 아니라 '잘 사라지는 삶, 잘 죽어가는 삶'에 대한 질문 또한 고개를 들기 시작했다. 우리는 본능적으로 영혼의 허기를 채우기 위한 새로운 지적 모험을 꿈꾼다. 일상으로부터 스스로를 봉인하고 내면의 탐구를 향해 자신을 던지는 모험의 가치에 눈뜨는 사람들이 더욱 많아지기를. 그리하여 위급한 상황, 힘겨운 상황에 닥쳤을 때 더 현명한 판단을 하는 사람들이 늘어나기를. 무엇이 진짜 중요한 것인가를 결정할 수 있는 힘, 그것이 바로 우리 삶을 이끄는 철학이다. 그렇다면 타인의 매뉴얼이 아니라 자기 안의 에토스에 따라 사는 길은 어떻게 구해야 할까. 아무도 보지 않을 때 나는 누구인가를 끊임없이 질문하는 길밖에는 없지 않을까.

고독의 정원에서 피어나는 것

어린 조카를 볼 때마다 어른들은 잊었지만 아이들은 아직 지니고 있는 그 무엇을 발견하게 된다. 조카 현서는 내게 행복의 머나먼 기원을 되새기게 만든다. 현서에게 아직도 낯선 두뇌 활동은 바로 '비교'다. 아이들의 영원한 난제인 "엄마가 좋아, 아빠가 좋아?"뿐만 아니라, 모든 비교를 멋지게 비껴간다. 현서는 아직도 모두가 똑같이 좋단다. 어른들이 아무리 잘해줘도 아무리 많은 장난감을 사다 줘도, 옆집 누나와 이모와 엄마와 아빠는 물론 말썽꾸러기 남동생까지 똑같이 좋단다. 현서가 느끼는 행복의 뿌리는 아마도 세상 모든 것을 아직은 비교하지 않는 천진무구함이 아닐까.

헨리 데이비드 소로가 『고독의 즐거움』에서 전파하는 행복의 비결도 바로 '비교하지 않는 것'이다. 현대인이 불행을 느끼는 큰 이유 중 하나는 모종의 박탈감이다. '내가 저 사람보다 못난 것이 없어 보이는데도, 나는 왜 저 사람보다 훨씬 힘든 삶을 살고 있을까' 하는 박탈감. 그 박탈감의 뿌리에는 '지금의 나'에 만족하지 못하는 익숙한 자기부정이 놓여 있다. '적어도 내가 이만큼은 대접받아야지' 하는 꼿꼿한 자존심의 밑바닥에는 누군가에게 대접을 받아야만 간신히 지켜지는 허약한 자아가 꿈틀거린다. 적어도 '남들처럼은 하고 살아야지' 하는 비교의 강박이 우리를 괴롭힌다. 『고독의 즐거움』을 읽으며 나는 이 '남들처럼'이라는 이름의 피곤한 자기 검열에 걸리지 않고 지금 바로 내가 누릴 수 있는 것들만으로 천국처럼 행복해지는 길을 생각해보게 되었다. "아무 걱정하지 말고 해 뜨기 전에 일어나 모험을 시작하라. 낮이 오면 가까운 호숫가로 가라. 밤이 되면 어디에 있든 그곳이 그대의 집이라 여겨라. 여기보다 넓은 들판은 어디에도 없으며 여기에서 노는 것만큼 가치 있는 것도 없다." 나는 내가 좋고, 내가 사는 곳이 좋으며, 나와 함께해주는 사람들이 좋다. 그것만으로도 내 삶은 최고의 가치를 지닌다. 비교하지 않고, 흔들리지 않고, 자괴감에 빠지지 않는 비법의 중심에는 바로 '지성'이 놓여 있다. 지성이란 그가 몇 권의 책을 읽었는지로 평가되는 것이 아니라 자신을 단련하기 위해 얼마나 많은 노력을 기울이는가로 판가름 나는 것이 아닐까. 소로는 지성의 진정한 쓸모를 이렇게 설명한다. "나를 썩지 않으며 흔들리지 않게 하는 것이 있다. 그것을 지성이라 한다."

그렇다면 '나'를 흔들리지 않게 하고 썩지 않게 하는 바로 그 지성을 연마하기 위해서는 무엇이 필요할까. 헨리 데이비드 소로는 지성의 비결이 바로 '고독'이라고 속삭인다. 사람들은 흔히 고독을 외로움과 연결시킨다. 혼자 있으면 고독하고, 고독하면 외롭고, 외로우면 우울해지니, 되도록 고독은 피해야 한다는 믿음이 우리를 고독으로부터 도피하게 만든다. 하지만 자기 자신을 세상에 하나뿐인 정원처럼 가꾸는 사람은 고독한 시간을 최고의 축제로 만들 줄 안다. 소로에게 고독은 더 깊은 내면의 자기와 만나기 위한 자발적인 모험이다. 고독을 성장의 기회로 삼을 줄 아는 이들은, 고독이 사유와 창조와 성찰을 위한 최고의 명약임을 알기에 고독에 수반되는 모든 슬픔과 기쁨을 조용히 받아들인다. 때로는 일부러 스스로를 고립시켜 더욱더 깊은 내면의 자아를 만나기도 한다. 니체는 『아침놀』에서 고독이 지닌 매력을 이렇게 설명한다. 혼자 있으면 친구들이 더욱 분명하고 멋지게 보인다고. 자신이 음악을 정말 사랑했을 때는 음악과 멀리 떨어져 있었다고. 사물을 좋게 생각하려면 사물과 멀리 떨어져 있는 게 좋은 것 같다고. 소로는 고독의 첫째 요건으로 타인의 시선으로부터 자유로워질 것을 주문한다. 남들처럼 결혼하고 남들처럼 잘 먹고 잘사는 삶에 대한 집단적인 눈치 보기가 우리의 삶을 황폐하게 만든다. '남들처럼' 해서는 나만의 삶을 살아낼 수가 없다. 고독의 요새에서 나만의 꿈을, 나만의 아픔을, 나만의 기쁨을 곱씹는 행위 속에서 진정한 창조성이 잉태된다. 고독 속에서 우리는 벅차게 깨달을 것이다. "돌이킬 수 없는 단 한 번의 위대한 실험", 그것이 삶이라는 진실을.

책 읽는
시간이
없었더라면

책을 읽는 사람이 얻을 수 있는 자유에 대해 생각해보는 요즘이다. 많은 사람들이 '시간이 없다'며 독서를 기피하지만 과연 하루에 한 시간도 독서를 위해 내줄 수 없을 정도로 바쁜 것일까. 사실 지금은 인류 역사상 그 어느 때보다 책을 읽기 좋은 시절이다. 예전에는 쉽게 구할 수 없었던 희귀한 책들이 서점 어디나 비치되어 있고, 풍요로운 신간들이 매일 쏟아져 나오며, 언제든지 도서관에서 책을 빌려 볼 수도 있다. 많은 책을 들고 다니기 어려울 땐 전자책이나 오디오북을 적극 활용할 수도 있다. 독서 환경은 어느 때보다도 좋아졌지만 유튜브나 인터넷을 통해 '더 쉽고 재미있게' 필요한 정보를 얻을 수 있다는 믿음이 독서 인구를 줄어들게 만드는 것이 아닐까.

그런데 과연 더 쉽고 빠르고 재미있게 얻는 유튜브형 정보가 책을 읽는 이들이 느리고 힘겹게 얻은 지식과 어깨를 나란히 할 수 있을까. 유튜브를 비롯한 쉽고 빠른 미디어를 통해서만 정보를 얻은 사람이 과연 철학과 역사, 문학에 대해 자신만의 개성 있는 관점과 사유를 펼칠 수 있을까. 문해력literacy, 즉 문장을 이해하고 해석하는 능력은 유튜브형 정보를 통해서는 좀처럼 늘어나지 않는다. 유튜브는 이미지를 통한 말초적 흥미를 자극하지만, 문장을 통해 사고하고 보이지 않는 숨은 맥락context까지 헤아리고, 필자가 말하지 못하는 숨은 행간의 의미까지 파악하는 함축적 이해력을 키워내지는 못한다. 좀처럼 자신의 마음을 쉽게 털어놓지 못하는 타인의 마음을 헤아리는 공감 능력이 생길 수도 없다. 아침에 눈을 뜨자마자 유튜브부터 틀어달라는 아이들의 요구를 쉽게 들어주는 부모가 많아질수록, 느리고 힘겹게 추구해야만 비로소 눈부신 깨달음의 기쁨을 얻을 수 있는 책 읽기의 소중한 의미를 아는 사람들의 숫자는 점점 줄어들 것이다. 나는 아주 어린 시절부터 책을 읽음으로써 외로움을 달랬고, 책을 읽는 시간만큼은 그 누구로부터도 상처받지 않았다. 책을 읽는 시간이 없었더라면, 책을 통해 이 세상 수많은 타인의 기쁨과 슬픔을 이해하는 시간이 없었더라면,

나는 결코 작가가 될 수 없었을 것이다.

"어떻게 하면 글을 잘 쓸 수 있느냐"라는 질문을 많이 받지만, 그 유일한 비밀이 '매일 책 읽기'라고 이야기하면 모두들 '에이, 그건 너무 평범하잖아' 하는 눈빛을 쏘아 보낸다. 하지만 그것은 결코 숨길 수 없는 사실, 바꿀 수 없는 사실이다. 그냥 읽기만 하는 독서도 좋지만, 더 좋은 글을 쓰고 싶은 사람이라면 '읽기와 쓰기'를 매일 반복하는 것이 좋다. 그 반복 속에서 '차이'가 발생한다. 3년 전에 읽었던 작품을 지금 다시 읽어보면 분명히 내 생각이 달라져 있다. 같은 책을 여러 번 읽으면, 예전보다 더 많은 것을 느끼고, 더 깊은 의미를 끌어낼 힘이 생기곤 한다. 읽기와 쓰기를 마치 들숨과 날숨처럼 매일 반복하다 보면, 자연스럽게 어느 순간 읽는 만큼 쓰게 된다. 결국 읽기를 뛰어넘어 쓸 수도 있게 된다. 읽기만 하고 책장을 덮지 말고, 읽을 때마다 무언가를 메모하고 '언젠가 글로 쓰고 싶은 것들'을 정리하다 보면 어느새 당신의 메모장은 풍요롭고 지혜로운 메시지로 가득한 '작가 수첩'이 될 것이다. 책을 읽는 사람이 얻을 수 있는 자유, 그것은 스스로 한 세계를 창조해낼 수 있는 최고의 창조성을 오직 문장의 힘만으로도 이루어낼 수 있다는 점이다.

무언가를
나누는 일,
서로의
생애를
채우는 일

세계적인 자린고비, 스크루지 영감을 인류 역사에 길이 남을 기념비적 주인공으로 만든 찰스 디킨스의 「크리스마스 캐럴」. 1843년에 이 작품이 나온 뒤 영국 사회에서는 놀라운 변화가 일어났다고 한다. '자선'이나 '기부'에는 관심이 없던 냉정한 부자들이 우후죽순처럼 가난한 사람들에게 기부를 하기 시작한 것이다. 아무리 힘든 사람을 봐도 눈도 꿈쩍하지 않았던 스크루지 영감이 자신의 처참한 종말을 예언하는 유령과의 만남을 경험한 뒤, '타인과 함께 나누는 삶'의 소중함을 깨달은 것처럼. 영국의 부자들도 돈을 열심히 벌기만 하고 누구와도 나누지 않는 자신의 메마른 삶을 성찰하게 된 것이다. 스크루지는 유령과의 조우를 통해 '내가 죽은 뒤에 아무도 슬퍼하지 않을 것'임을 깨닫고, 오히려 그 죽음을 통해 돈을 벌게 될 자들이 뛸 듯이 기뻐할 것임을 알게 된다. "이게 그 영감탱이의 최후군. 생전에 누구 한 명 곁에 오지 못하게 쫓아버리더니 죽어선 우리에게 돈을 벌게 해주네! 흐흐흐!" 스크루지는 그 누구와도 삶의 기쁨과 슬픔을 '나눈다는 것'의 의미를 몰랐기에 그의 마지막은 이토록 참혹한 결말로 예정되어 있었던 것이다.

스크루지는 '어떻게 하면 돈을 많이 모을까'를 고민하느라 '어떻게 하면 그 돈을 의미 있게 쓸 것인가'를 고민하지 않았던 셈이다. 그는 큰 깨달음을 얻은 후 자신이 번 돈을 듬뿍듬뿍 가난한 사람들에게 나누어주고, 쥐꼬리만 한 월급으로 가혹하게 부려먹기만 했던 직원의 월급을 올려주기도 한다. 무엇보다 원래 그는 크리스마스라는 기념일도, 감사와 사랑을 실천하는 날이라는 크리스마스의 의미도 싫어했다. 오죽하면 이렇게 말했겠는가. "내 마음 같아서는 그냥, 메리 크리스마스라고 떠들고 다니는 놈들은 푸딩과 함께 푹푹 끓인 다음 호랑가시나무 가지로 가슴을 푹 찔러 파묻어버렸으면 좋겠다. 그래도 싸지!" 굳이 기독교 신자가 아닐지라도 오늘날 수많은 사람들이 크리스마스를 조건 없이 사랑하는 이유는 무엇일까. 내 삶의 의미를 사랑하는 사람들과 함께 나누는 것이 소중한 일임을 본능적으로 알기 때문이 아닐까.

즉 내 삶의 의미를 홀로 되새기기보다 '많은 사람들과 함께 나누는 것'이 훨씬 지혜로운 일임을, 우리는 크리스마스를 통해 배우지 않는가. 「크리스마스 캐럴」에서 가장 행복해지는 사람은 바로 스크루지 자신이다. 크리스마스에 한 번도 행복을 느껴본 적이 없는 그가 비로소 '기쁨을 느끼는 법'을 깨닫게 되니. 누구와도 삶의 즐거움을 나누어본 적이 없는 그가 나눔의 기적을 경험하게 되니 말이다.

그윽하고 절실하게 교감하는 일

나눔 하면 우리는 '물질적인 재화'를 가장 먼저 떠올리지만, 사실 굳이 자선이나 기부를 통하지 않고서도 우리가 인생에서 가장 중요한 나눔을 실천할 기회가 있다. 바로 교육이다. 학교에서 이루어지는 교육뿐 아니라 우리가 어떤 곳에서든 누군가에게 '배운다'는 느낌을 가지는 모든 순간, 우리는 엄청난 삶의 지혜와 인생의 기술을 함께 나누고 있는 것이다. 특히 100세 시대, 평생교육의 시대로 접어든 요즘, '무언가를 배우고 가르친다'는 것은 그 자체로 일상 속의 나눔이 될 수 있다. 교육에서는 '누군가에게 내 지식을 전달해준다'라는 생각만으로는 충분하지 않을 때가 많다. 뭔가 특별한 감정을 강하게 나누어야 한다. '저 사람이 나에게 온 힘을 다해 뭔가 중요한 메시지를 전달해주려 한다'는 강렬한 공감이 있어야만 교육은 비로소 진정한 힘을 발휘한다.

배우 에단 호크가 감독으로 활약한 영화 「피아니스트 세이모어의 뉴욕 소네트Seymour: An Introduction」를 보며 나는 배움이야말로 최고의 나눔이라는 생각을 했다. 영화이지만 실제 인물이 주인공으로 그대로 등장하는 다큐멘터리이기도 하다. 피아니스트 시모어 번스타인은 한때 최고의 유망주로서 이름을 날렸지만, 어느 순간 더 이상 무대 위의 엄청난 스트레스를 견디기 힘들었다고 고백한다. 끊임없이 비평가들의 리뷰에 신경을 쓰고, 관객들의 미세한 반응에도 상처받는 그 삶을 견디기 힘들었지만, 자신이 진짜로 원하는 것은 오직 '음악'이었음을 깨닫는 순간이 있었다. 그는 피아니스트이자 스타로서의 화려한 생활을 접고, 작은 음악 교실을 열었다. 그저 누군가와 음악의 아름다움을 느낄 수만 있으면 되었으니까. 무엇이 중요한 것인지 깨닫는 순간, 그를 괴롭히던 온갖 스트레스와 잡념이 사라졌다. 시모어의 피아노 레슨을 받은 학생들은 놀라운 발전을 이루었다. 그들은 콩쿠르를 위해서가 아니라, 경쟁이나 뽐내기를 위해서가 아니라, 오직 음악 그 자체를 위해 모든 것을 바치는 시모어의 열정에 커다란 감명을 받는다.

어떤 학생은 브람스의 피아노 소나타를 시모어와 함께 연주하며 이렇게 말했다. "시모어 선생님의 레슨을 듣고 있으면, 저는 마치 음악을 처음부터 다시 만드는 느낌, 제가 음악을 작곡하는 것 같은 느낌을 받아요." 단지 악보를 보고 그대로 연주하는 것이 아니라, 자신이 작곡가가 되어 그 음악을 한 소절 한 소절 만들어가는 느낌이 든다는 것이다. 나도 그 학생만큼이나 커다란 감동을 받았다. 시모어의 레슨은 단지 피아노 전공자들에게만 도움이 되는 것이 아니었다. 경쟁, 콘테스트, 숫자, 순위, 댓글, 비평, 리뷰 등등. 이 모든 '타인의 시선'에 지쳐버린 우리들에게 시모어의 오직 음악 그 자체를 위해 자신의 온몸을 바치는 레슨은 도움이 될 것 같았다. 음악은 경쟁을 위한 것이 아니라 그 아름다움을 느끼기 위한 것이니까. 삶 또한 그렇지 않은가. 타인의 시선이나 남과의 비교가 중요한 것이 아니라 '내가 내 삶을 진정으로 사랑하는가'만이 중요할 뿐이다. 그 깨달음을 학생들과 '함께 나누는 것'이 바로 그에게는 최고의 예술 작품이었다. 그러니 꼭 피아노 콩쿠르에 나가거나 엄청나게 멋진 연주회를 열어서 연주를 뽐내지 않아도 충분한 것이다. 그는 살아 있는 매 순간 자신이 사랑하는 음악의 감동을 타인에게 나누어주고 있으니 말이다.

우리가 나눌 준비만 되어 있다면

나는 그 영화를 보며 '내가 잃어버린 진정한 가르침의 시간'을 되찾는 기분이었다. 나에게 저런 스승이 있었다면 얼마나 좋았을까. 하지만 그것보다 더 중요한 것은, '이제 내가 그런 스승이 될 차례가 아닐까' 하는 생각이 들어 더욱 가슴이 뭉클했다. 나도 학생들을 가르치는 일을 하지만, 아무리 열심히 해도 '과연 내가 좋은 스승이 될 수 있을까' 하는 의문에 빠지곤 한다. 나는 있는 힘껏 노력해도 저쪽에서는 심드렁한 반응을 보일 때, 매번 절망하곤 한다. 하지만 이 영화를 보며 나는 깨달았다. 내 가르침이 부족한 이유는 무언가를 '주지 못해서'가 아니라 무언가를 아직 제대로 '나누지 못해서'임을. 나는 너무 힘을 주어 강조했던 것이다. 내가 이야기하는 이 내용이 너무 중요하다고, 이건 꼭 알아야 한다고, 힘주어 전달하려고만 했던 것이다. 하지만 돌이켜보면 내 강의를 들어주시는 분들이 기뻐했던 순간은 '내가 무언가를 주려고' 했을 때가 아니라, '우리가 함께 무언가를 느끼고 있다'는 생각이 들었을 때였다.

진심으로 무언가를 나눈다는 것은 꼭 자선이나 기부처럼 사물이나 화폐의 교환이 없어도 가능하다. 오히려 자선과 기부조차도 상업화, 기업화되어버린 이 시대에 우리에게 더욱 절실한 것은 우리의 삶 자체가 나눔이 되는 일상적 실천이 아닐까. 내가 느끼는 세상의 아름다움, 내가 배운 세상의 지혜들을 내 글, 강의, 대화 그리고 내 삶을 통해 나누고 싶은 이 마음에서 다시 시작해보고 싶다. '준다'는 생각에 매몰된 나머지 지나치게 긴장하고 이리저리 재어보지 말자. 어차피 우리는 살아 있는 한 무언가를 나누고 있다. 감정을, 대화를, 의식주를 나누지 않으면 인간은 이 생태계 안에서 생존 자체가 불가능하다. 다만 '어떻게 나눌 것인가'를 스스로 선택함에 따라 우리 삶의 빛깔과 향기가 달라진다. '준다'는 생각에 긴장하지 말고, '그저 나누자'라는 마음으로 편안해지자. 우리가 나눌 준비만 되어 있다면, 삶은 '그에게는 있고 나에게는 없는 것' 때문에 결핍된 것이 아니라, '우리 모두에게 이미 저마다 있지만 나누지 못하고 있는 것들'로 인해 더욱 바빠지고 풍요로워질 것이다. 당신에겐 이미 '우리'와 함께 나눌 수 있는 수많은 꿈과 재능과 열정이 그득하니까. 우리가 괴로운 이유는 '가진 것'이 없어서가 아니라 '나눌 마음'이 부족해서이니까.

제
뜻밖의
방문을
받아주시겠어요

최은영의 소설은 '무조건적인 따뜻함'이 아니라 '사려 깊고 예민하며 지혜로운 따뜻함'을 지닌 인물들의 아름다움을 증언한다. 『내게 무해한 사람』에 담긴 그의 소설을 읽고 있으면 독자들은 소설 속 인물들이 자아내는 '요란하지 않은 따스함'에 중독된다. 아픔을 묘사할 때조차도 친절하고 따사로운 최은영의 인물들은 우리가 저마다 힘겹게 통과해온 과거에 대한 아련한 노스탤지어를 불러일으킨다. 그리고 깨닫게 된다. '오랫동안 나도 모르게 이런 소설을 찾아왔구나' 하고. 자극적인 스펙터클과 강력한 스토리텔링을 자랑하는 미디어의 서사에 중독된 어른들은 최은영의 소설을 읽으며 마치 '자극의 청정 구역'을 조용히 산책하는 듯한 해맑은 아우라를 느끼게 될 것이다. 아무런 인테리어 없이도 아름다운 집처럼, 조미료를 전혀 치지 않고도 맛깔스러운 성찬처럼, 최은영의 소설은 꾸밈없는 강인함으로 독자들의 마음에 노크를 한다. 설령 서로 한때 상처를 주었더라도 오래오래 서로를 기억하는 사람들의 이야기, 아주 오래전 끝난 줄로만 알았던 슬픔을 평생 애도하고 기억할 줄 아는 '남보다 많이 느린 사람들'의 따사로움을 보여준다.

최은영의 소설에는 떠나가거나 헤어진 사람들의 빈자리를 오래오래 응시하며 그가 남기고 간 빈자리의 허전함을 곱씹는 사람들이 등장한다. 그들은 망설이고 서성거리고 두리번거리며, 더 효율적인 삶으로 직진하지 못하고 아주 천천히 에움길을 돌아 느릿느릿 부유한다. 그들은 눈을 크게 뜨고 귀를 깊이 기울여야 알아차릴 수 있는 사람들, 튀거나 돋보이지 않을지라도 삶을 더욱 아름답게 연주할 줄 아는 사람들이다. 우리는 헤어진 동성 애인을 잊지 못하고 그녀가 자신에게 남긴 상처가 아니라 자신이 그에게 남긴 상처를 곱씹는 여성의 이야기, 어릴 때 자신을 키워준 숙모를 잊지 않고 기억하며 삼촌의 죽음으로 이제는 '아무 관계도 아닌 사람'이 되었지만 자신의 마음속에서는 여전히 소중한 사람, 의미 있는 사람으로 남아 있는 숙모를 그리워하는 사람의 이야기가 이토록 우리 가슴속에 오랫동안 아름다운 상흔을 남긴다는 것에 놀라게 된다.

최은영 소설의 중심에는 너무 섬세해서 더욱 상처받는 사람들, 너무 자주 상처받아서 더욱 외롭지만, 그럼에도 생의 강인한 의지를 놓아버리지 않는 여성이 있다. 그들이 지켜온 따스함의 저편에는 삶을 견뎌온 용기와 희망, 인내와 지혜가 깃들어 있음은 물론이다. 그들은 이 세상에서 더 많은 '파이'를 차지하지는 못하지만 삶을 더욱 향기롭게 빚어내는 법을 알고 있다. 그들이 뿜어내는 아우라는 결코 어둡거나 슬프지 않다. 끝내 아픔을 견뎌낸 사람들이 빚어낸 시간이 뿜어내는 희망의 향기가 있다. 최은영의 소설을 읽다 보면 독자는 자신도 모르게 굳게 닫힌 타인의 마음의 문을 향해 살그머니 노크를 하고 싶어진다. 저도 당신에게 무해한 사람이 되고 싶습니다. 제 뜻밖의 방문을 받아주실 수 있는지요.

책과
이론이
아닌
삶으로
철학한다는 것

2014년, 한 강연에서 이런 질문을 받았다. "세월호 사건으로 세상이 이렇게 뒤숭숭한데, 인문학이란 어떤 의미가 있을까요." 실로 난감한 질문이었지만, 실은 나 또한 나 자신에게 가장 혹독하게 자문하고 있는 바로 그 화두였다. 세상이 이토록 뒤숭숭한데 공부를 한다는 것은 도대체 무슨 의미가 있을까. 철학과 역사와 문학을 공부한다고 해서 세상이 나아질 수 있을까. 하지만 뒤집어 생각해보면 바로 그렇게 우리가 살고 있는 공동체가 극도의 위기 상황에 빠졌을 때야말로 인문학의 도움이 가장 필요한 시간, 이 세상을 바꿀 수 있는 타인의 생각에 귀 기울여야만 할 시간이었다. 세상이 힘드니 공부가 필요 없는 것이 아니라, 세상이 어렵기에 공부가 더욱 절실한 때였다.

공부가 쓸모없는 것이 아니라 공부를 어떻게 인생과 세계와 일상에 적용해야 할지 몰라 난감해하는 우리 자신이 문제였다. 나는 그분께 이렇게 대답하고 싶었다. 모두가 시름에 빠져 고통의 끝이 보이지 않는 바로 이 순간이야말로, 철학이 필요한 순간이라고. 우리가 어디로 가야 할지 알 수 없는 순간, 지금까지 열심히 살아온 그 모든 것이 물거품이 되어버리는 것 같은 바로 이 순간이야말로, 우리가 지금까지 배우고 갈고닦아 온 모든 지혜를 동원해 불의와 싸워야 할 진정한 인문학의 시간이라고. 고병권의 『철학자와 하녀』는 바로 그런 고민으로 밤잠을 설치고 있던 어느 날, 내 앞에 나타나 주었다. 한때 정말 친해지고 싶었지만 그럴 기회가 없었던, 아니 내가 다가가지 못했던 친구가 먼저 내게 다가와 "헤이, 잘 지내니?"라고 안부를 물어주는 것만 같은 반가운 편지 같은 책. 『철학자와 하녀』는 전혀 어렵지도 머리 아프지도 무겁지도 않다. 하지만 내가 읽은 어떤 철학책들보다 '내가 따라 할 수 있는 철학책', '내가 따라 하고 싶은 철학책'이다. 이런 글을 따라 쓸 수 있다는 것이 아니라, 이 책에 나오는 사람들처럼 살고 싶다. 어떤 힘겨운 상황 속에서도 포기하지 않는 사람들, 휠체어를 타고서도 등록금 투쟁에 나서 경찰과 싸우는 사람들, 주민등록이 말소된 상황에서도 자신의 인권을 찾기 위해 분투하는 사람들, 한국에 살고 싶지만 '영주권'을 얻기 위한 결혼은 거부하는 사람들, 뉴욕의 한복판에서 꿈의 공동체를 만들어 월스트리트의 탐욕을 고발하는 사람들. 이 책에 등장하는 수많은 철학적 화두들은 엄격한 이론가의 날 선 문장이 아니라 똑똑하지만 잘난 척할 줄 모르는 천진무구한 친구의 나직한 속삭임처럼 우리 앞에 다가온다.

철학은 인간 안에 자기 극복의 가능성이 있다는 것을 가르친다. 모든 것을 잃은 지옥에서도 그것은 사라지지 않음을, 아니 모든 것을 잃었기에 오히려 인간이 가진 참된 것이 드러난다는 걸 철학은 말해준다. 깨달음은 천국에서는 일어나지 않는다. 천국에는 우리 자신에 대한 극복의 가능성도 필요성도 존재하지 않기 때문이다. 그래서 천국에는 철학이 없고 신은 철학자가 아니다. 철학은 지옥에서 도망치지 않고 또 거기서 낙담하지 않고, 지옥을 생존 조건으로 삼아 거기서도 좋은 삶을 꾸리려는 자의 것이다.

— **고병권, 『철학자와 하녀』, 메디치미디어, 2014, 20쪽.**

어려운 상황이 닥쳐오면 우리는 운명에 맞서 싸울 힘을 장전하기보다는 당장의 고통을 피할 방법을 궁리하게 된다. 하지만 '어떻게든 되겠지', '능력 있는 사람이 해결해주겠지', '가만히 있는 게 차라리 나을지도 몰라'라는 안일한 자기방어는 결코 문제를 해결할 수가 없다. 상황은 더욱 나빠지고, 늪을 빠져나올 길은 점점 요원해지고 만다. 하지만 '인간 안에 이미 존재하는 자기 극복의 가능성'을 믿는 사람들은 상황의 심각성보다 '내가 할 수 있는 일'을 찾는다. 사실 그들이 찾는 것은 '할 수 있는 일'이 아니라 '해야만 하는 일'이다. 누군가 나 대신 나서서 문제를 해결해주길 바라는 것이 아니라, '내가 아니면 아무도 나서지 않을 것만 같은 일'을 찾아 하는 사람. 그가 바로 진정한 철학자다.

어느 날 철학자 탈레스는 별을 보며 걷다가 우물에 빠지고 말았다. 그것을 본 트라케의 하녀가 깔깔대며 이렇게 말했다고 한다. "탈레스는 하늘의 것을 보는 데는 열심이면서 발치 앞에 있는 것은 알지 못한다." 트라케의 이 하녀는 총명한 사람임이 틀림없다. 몸은 지구에 두면서 정신은 안드로메다로 날아간 철학자의 삶을 이토록 재치 있게 조롱했으니 말이다. (…) 발치의 우물을 도외시하고 하늘의 별에 눈을 빼앗긴 철학자를 비판한 하녀도 옳고, 발치만 보느라 어디로 걷는지 모르는 하녀를 지적한 철학자도 옳다. 삶을 성찰할 여유가 없다면 그 삶은 노예적이라는 철학자의 말도 옳고, 삶의 절실함이 없다면 그 앎이란 유희나 도락에 불과하다는 하녀의 비판도 옳다.

— **고병권, 앞의 책, 5~7쪽.**

'철학자와 하녀'라는 매력적인 제목은 서로 어울릴 것 같지 않은 기묘한 불균형을 끌어안고 있다. 밤하늘의 별자리만 바라보다가 발밑의 우물을 보지 못한 철학자, 발밑의 우물은 매일 보며 살지만 밤하늘의 별자리가 얼마나 아름다운지를 잊고 사는 하녀. 그 모두의 맹점을 뛰어넘는 것이 이 시대의 철학자가 할 일이 아닐까. 나는 물론 우리 인류가 어디로 가고 있는지, 그 마음의 별자리를 알려주는 사람이 철학자라면, 하녀는 그렇게 밤하늘의 별자리만 보느라 넘어지지 말고 우리가 딛고 있는 땅의 현실을 잘 봐야 한다고 일깨우는 존재인 것이다. 고병권은 때로는 하녀의 바쁜 손놀림으로, 때로는 철학자의 고요한 성찰의 시선으로 '철학이 절실한 시간'에 철학책 한 권 볼 시간이 없다고 핑계를 대는 우리 자신의 잠든 무의식을 어루만진다.

그의 손길은 죽비처럼 날카로운 것이 아니라 풀잎에 천천히 배어 고여 드는 이슬처럼 어느새 젖어 드는 감동으로 다가온다. 이 책에는 관념적인 철학 용어나 난해한 철학 이론을 전혀 찾아볼 수 없다. 다만 철학자 고병권이 지금까지 살아오면서 만났던 아름다운 인연의 에피소드들이 한 땀 한 땀 정성 들여 바느질한 무지갯빛 퀼트처럼 펼쳐진다. 그가 사랑하고 미안해하고 아파하는 사람들 하나하나의 이야기가 곧 어떤 고매한 철학적 담론보다 눈부신 철학의 증언이 된다. 철학은 지옥에서조차 우리 인간의 자기 극복의 가능성을 찾는 아름다운 몸부림이다. 그리하여 철학이 가장 필요한 곳은 지금 우리가 머물고 있는 바로 이 지옥 같은 세상이다. 철학은 지옥을 피하는 기술이 아니다. 철학은 지옥에서조차 나의 손길을 필요로 하는 사람들의 아우성을 외면하지 않는 것이다.

지장보살. 그는 부처 없는 시대에 중생을 교화하고 구제한다는 보살로, 모두가 성불할 때까지, 다시 말해 지옥이 텅텅 빌 때까지 자신은 성불하지 않겠다는 서원을 세운 것으로 유명하다. 묘한 역설이다. 서원대로라면 그는 세상에서 가장 늦게 성불할 존재이다. 하지만 그런 서원을 세운 걸 보면, 그는 세상에서 가장 빨리 성불한 존재임이 틀림없다. 어떻든 지옥에 단 한 사람도 남겨두지 않고 성불할 때까지 곁에 있겠다는 그 무지막지한 서원 때문에 '업보가 정해져 있다'거나 '해탈 불가능한 존재가 있다'거나 하는 말들은 모두 힘을 잃어버렸다. 그가 있으면 '업보'도 '불가능'도 있을 수 없기 때문이다. 끝까지 '네 곁에 있겠다'는 말은 그처럼 위대하다. (…) 그 어느 때보다 우리가 가진 원초적 선물이 필요하다. 곁에 있어 주자. 나를 너에게 선물하자.

— **고병권, 앞의 책, 24~25쪽.**

여성들이여,
결코
꿈을
포기하지
말아요

『작은 아씨들』은 역사에 길이 남을 걸작이지만, 제발 제목의 번역만은 어떻게 바꿔보고 싶다. '아씨'란 웬 말인가. 아씨란 누군가 모셔주어야 하는 존재, 혼자서는 독립할 수 없는 존재라는 느낌을 강하게 풍긴다. 그러나 이 소설의 내용은 정반대이지 않은가. 이 작품의 주인공들은 어려운 상황 속에서도 씩씩하고 당당한 여성으로서, 더 나은 삶을 꿈꾸는 인간으로서, 그리고 '누군가의 아내'가 아닌 한 사회의 어엿한 구성원으로서 완전한 독립을 꿈꾸는 눈물겨운 투쟁을 펼치지 않는가. 원래의 제목은 아주 간결하게도 '리틀 우먼 Little Women'인데, 차라리 '어린 소녀들'이라는 식의 평범한 번역이 나을지도 모른다. '작은 아씨들'이라는 제목이 우리 머릿속에 너무 오래 굳어져 쉽사리 바꾸기는 어렵겠지만 말이다. 1868년에서 1869년에 걸쳐 집필된 이 작품은 '여성의 자유와 인권'이라는 개념이 아직 완전히 정착되기도 전에 이미 여성의 진정한 행복을 찾아 내면의 모험을 떠나기 시작한 네 자매의 흥미진진한 이야기다.

"선물도 없는 크리스마스가 무슨 크리스마스야."

조가 양탄자 위에 드러누워서 투덜거렸다.

"가난한 건 너무 지긋지긋해."

메그는 자신의 낡은 드레스를 내려다보며 한숨지었다.

"흥, 다른 소녀들은 예쁜 것들을 많이 가질 수 있는데 나처럼 가난한 애들에게는 아무것도 없다니 불공평해."

어린 에이미가 상처받은 목소리로 거들었다.

"우리에게는 아버지와 어머니, 또 우리 자매들이 있잖아."

구석진 곳에 앉아 있던 베스가 만족스럽다는 듯이 말했다.

벽난로 불빛에 반사되어 환하게 빛나던 네 자매의 얼굴이 베스의 말에 한층 더 밝아졌다.

— 루이자 메이 올컷, 유수아 옮김, 『작은 아씨들 1』, 펭귄클래식코리아, 2011, 45쪽.

이 소설의 첫 장면이다. 네 자매의 성격이 단번에 드러나는 명장면이기도 하다. 조는 돌려 말할 줄 모른다. 화끈하고 솔직하다. '선물도 없는 크리스마스는 도저히 크리스마스처럼 느껴지지 않는다'는 둘째 딸 조의 고백은 이 집안의 가난함을 한눈에 보여준다. 걱정 많고 책임감도 강한 첫째 딸 메그는 가난에 이골이 난 듯이 중얼거린다. 한창 예쁘게 꾸미고 싶은 나이에 메그는 항상 낡은 옷을 입고 부모님을 돕고 동생들도 챙겨야 하니, 가난은 이 속 깊은 첫째 딸에게 너무도 큰 슬픔으로 다가온다. 넷째 딸 에이미는 한층 선명하고 구체적으로 자신의 감정을 드러낼 줄 안다. 에이미는 남들과 자신을 비교하고 자주 상처받는다. 허영심도 질투심도 많지만, 세련되게 자기 마음을 포장할 줄 모르는, 더없이 천진난만하고 사랑스러운 아이다. 셋째 딸 베스는 하늘의 천사가 땅 위에 실제로 강림한 듯 더없이 착하고 순수하다. 베스는 한 번도 투덜거린 적이 없다. 네 딸 중 가장 병약하지만, 역경을 이겨내는 마음의 전투력은 가장 강한 아이다. 베스는 모두가 '우울한 크리스마스'를 향해 한마디씩 구슬프게 투덜거릴 때, 이렇게 말한다. "우리에게는 아버지와 어머니, 또 우리 자매들이 있잖아." 이건 전혀 가식이 아니다. 베스에게는 먼지 한 톨의 티끌도 없다. '사람이 어쩌면 이토록 순수할 수 있을까' 하는 생각이 들 정도로 티 없이 맑은 영혼을 지닌 소녀다.

그들이 겪는 시련의 뿌리는 전쟁으로 인한 아버지의 부재다. 가난은 공기처럼 그들을 감싸고 있고, 이 집의 실질적인 가장은 씩씩하고 강인한 어머니다. 어머니는 가난 속에서도 아이들이 절대로 기죽지 않도록 늘 용기를 심어주고, 딸들이 '누군가의 아내'로 살아가는 것이 아니라 '독립된 인간'으로서 살아갈 수 있도록 꿈과 희망을 불어넣어 준다. 그리하여 '가난' 하면 흔히 떠오르는 침울한 분위기는 이 소설에서 전혀 찾아볼 수 없다. 오히려 이들은 가난 속에서도 '보이지 않는 길'을 찾아낸다. 어머니와 딸들이 힘을 합쳐 모든 역경을 이겨내는 장면은 읽는 이에게 '왜 나는 그때 이런 용기를 내지 못했을까' 하는 뼈아픈 후회의 감정을 불러일으킨다. 조 마치의 집안은 항상 크고 작은 사건으로 떠들썩하지만, 그때마다 조의 재치와 용기, 메그의 침착함과 인내심이 빛을 발한다. 베스는 자신도 몸이 약하면서 더 가난하고 아픈 다른 사람들을 돕다가 본인까지 병에 걸리기도 하고, 에이미는 그림에 대한 재능을 살려 아무도 모르는 사이에 자신이 원하는 꿈을 이뤄내기도 한다.

그중에서도 둘째 딸 조가 가족을 향해 던지는 말들은 너무도 따스하면서도 용감무쌍하다. 메그가 숨길 수 없는 가난 때문에 어쩔 수 없이 서글픈 기색을 보이자 조는 이렇게 말한다. "불쌍한 언니! 내가 한몫 잡을 때까지만 기다려. 그때가 되면 마차를 타든 아이스크림을 먹든 언니 마음대로 흥청거려도 되고, 높은 굽의 구두를 신고 빨간 머리 남자들과 고고하게 춤춰도 되니까." 때로는 든든한 아버지 같고, 때로는 다정한 남편 같은 조. 아니 조는 세상 그 어느 남편과 아버지와도 비교할 수가 없다. 조는 단지 조 그 자신이라는 것만으로도 완벽하고 사랑스러우며 믿음직하니까. 조는 자신에게 주어진 모든 여성적 역할을 거부하고 인간으로서 남성과 똑같이 세상 밖으로 나아가길 간절히 원한다. 조는 마침내 작가가 되고, 글쓰기의 길을 통해 자신이 원하는 꿈을 천천히 이루어나간다.

그들은 가난 속에서도 한 번도 아버지를 원망하지 않고, 오히려 그들의 정신적 지주가 되어주는 아버지를 존경하고 더없이 사랑한다. 또한 그들은 가난하다고 해서 모든 아름다운 것들, 행복한 삶을 포기하는 것이 아니라, '돈으로 살 수 없는 것들'을 따스한 정성과 놀라운 솜씨로 직접 만들고 꾸미고 가꿈으로써 가정을 행복한 공동체로 만들어간다. 작가는 '남이 이미 만들어놓은 것을 돈을 주고 사는 것'보다 '본인이 원하는 것을 직접 손으로 만드는 세계'의 중요성을 설파한다. 돈을 통한 소비가 아니라 정성과 솜씨를 다하는 창조의 세계를 강조하는 것이다. "이런 모든 일들을 돈으로 해결하는 사람들은 자신들이 잃은 것이 무엇인지 결코 알 수 없다. 가정적인 일은 사랑이 담긴 손길을 거쳐야 더욱 아름다워지는 법이다." 로리가 메그의 결혼 준비 과정을 지켜보면서 다음 차례는 조라고 말하자 조는 질색한다. "나라고? 말이 되는 소리를 해. 난 남자들이 좋아할 만한 여자가 아니야. 나를 원하는 사람은 아무도 없을 거라고. 어느 집안에나 노처녀가 한 명쯤은 꼭 있다는 사실이 얼마나 다행스러운지 몰라." 로리는 얼굴이 발그스름해져 "넌 누구에게도 기회를 주지 않잖아"라며 조에게 간접적으로 사랑을 표현하지만, 조는 여전히 눈치가 없다. 이런 '선머슴 같은' 모습조차 사랑스럽다.

내게 『작은 아씨들』이 어린 시절보다 더 커다란 감동으로 다가오는 이유는 이들이 추구하는 행복이 내가 꿈꾸는 세상과 매우 닮았다는 사실을 뒤늦게 깨달았기 때문이다. 남성 중심의 사회에서 자신의 목소리를 잃어버리지 않고, 원하는 세계를 향해 한 발 한 발 다가가는 여성들의 모습이 아름답고 따스하게 그려져 있다. 물론 아쉬운 점도 있다. 착하기만 한 큰딸 메그가 좀 더 결혼을 늦게 했더라면 그녀가 가진 재능을 마음껏 발휘할 수 있었을 텐데 하는 아쉬움. 어린 소녀임에도 불구하고 자신보다 더 어렵고 아픈 사람을 돕다가 병에 걸려버린 베스가 좀 더 오래 살았더라면 하는 마음. 하지만 그 안타까움에도 불구하고, 『작은 아씨들』은 시간이 지날수록 더욱 소중한 페미니즘의 고전으로 거듭날 것 같다. 위노나 라이더 주연의 영화 「작은 아씨들」에서 조는 이렇게 고백한다. "전쟁으로 등잔 기름이 귀한 시기였지만, 그 어두운 시절에 우리 마치 가족은 우리들만의 불빛을 만들어갔다." 조의 끊임없는 글쓰기, 고독 속에서도 자신의 길을 포기하지 않는 용감한 글쓰기가 바로 '자기 안의 빛'을 찾는 과정이었으며, 전쟁의 포화 속에서도 '우리들만의 불빛'을 만들어나가는 힘이 되어주었다.

다시
열네 살로
돌아간다면

나의 첫 번째 브래지어는 아버지로부터 받은 선물이었다. 열네 살이 된 나에게 아버지는 "이제 숙녀가 된 기념"이라며 브래지어를 선물로 사주셨다. 엄마보다도 아빠와 더 친했던 열네 살 소녀에게 그 선물은 충격이었다. 대부분의 선물은 받으면 우선 기쁘고 설레기 마련인데, 그 선물을 받고 나서는 울어야 할지 웃어야 할지 도저히 알 수 없는 기분이었다. 열네 살의 나는 막연하게 '어른이 되고는 싶지만 성인 여성이 되고 싶지는 않다'는 생각을 했던 것 같다. 빨리 커서 부모님으로부터 독립하고 싶지만, 결혼을 하거나 연애를 하고 싶지는 않았다. 누군가의 어머니가 된다는 것 또한 상상도 할 수 없었다. 나는 '어른'이 되고는 싶지만 '여인'이 되고 싶지는 않은 이 미묘한 느낌을 어떻게 설명해야 할지 알 수 없었다.

게다가 엄격한 엄마보다는 다정한 아빠를 더 좋아했던 나에게 아빠의 그 선물은 '이제 우리가 점점 멀어질 것 같은 느낌'을 주는 불길한 선물이기도 했다. 열네 살 이전의 아빠는 나를 '귀여운 딸'로 생각했지 '숙녀'로 생각하지는 않으셨던 것이다. 게다가 숙녀라는 말은 얼마나 억압적이고 가식적인 단어인가. 나는 숙녀가 되고 싶지도 않고, 사랑하는 아빠와 멀어지고 싶지도 않았다. 아, 그 선물은 너무도 잘못된 축복 — 이제 여자가 된 내 딸아, 축하한다! — 처럼 느껴졌다. 아빠, 저는 어른이 되고 싶기는 한데 여자가 되고 싶지는 않아요. 사람들이 바라는 착하고 반듯하고 사랑받는 그런 여자가 될 자신이 없어요. 그런데 아빠에게 이런 마음을 털어놓을 수가 없었다. 그때는 지금처럼 내 마음을 정확하게 언어로 표현할 수가 없었던 것이다. 큰딸에게 귀여운 리본이 달린 앙증맞은 브래지어를 선물하고는 얼굴을 붉히시는 수줍고 인자한 아빠에게, 이런 복잡하고 불길하고 서글픈 이야기를 털어놓을 수는 없었던 것이다.

열네 살의 나는 막연하게 두려웠다. 어른이 된다는 것, 성인 여성이 된다는 것, 그러면서도 아직 어른들의 사랑과 보살핌이 필요하다는 것을 순순히 받아들이지 못했다. 하지만 그때나 지금이나 분명한 것이 있다. 세상 속으로 뛰어들고 싶은 열망, 삶을 아름답게 연주하고 싶은 희망, 내게 주어진 삶이 단 한 번뿐이라는 사실에 대한 절박한 깨달음. 이 세 가지는 열네 살의 나와 마흔이 넘은 나에게 똑같은 것이었다. 나는 지금도 매일매일 조금이라도 더 나은 사람이 되었으면 하고, 나로 인해 타인이 작은 기쁨이라도 느끼기를 바라며, '원래부터 어른'이 아니라 지금도 매일 조금씩 어른이 되어가고 있다는 것을 느낀다.

다만 열네 살 때의 나에게는 있고, 지금은 사라져가는 것이 있다. '나는 이것을 할 수 있고 저것은 할 수 없다'는 경계 짓기를 하지 않는 마음가짐이다. 열네 살의 나는 '무언가를 할 수 있는 나'와 '무언가를 할 수 없는 나'를 나누지 않았다. 할 수 있다고 생각하고 덤벼들었고, 자주 넘어지고 걸핏하면 실수했지만, 그다음 날이면 툭툭 털고 일어나 "난 할 수 있어"를 외치는 씩씩하고 당당한 아이였다. 두려움은 지금보다 훨씬 컸지만, '잘하지 못하는 것에 도전하는 용기'만은 지금보다 훨씬 큰 그런 아이였던 것이다.

그런데 열네 살의 나에겐 없고, 지금의 내가 가진 것도 있다. 삶을 좀 더 사랑하게 되었다는 것, 이제는 예전처럼 막연하게 세상을 두려워하지만은 않는다는 것, 그리고 무엇보다 나 자신에 대한 믿음이 그것이다. 나는 '아무도 나를 사랑하지 않아'라는 열네 살의 공포를 딛고 이제는 '누군가 날 사랑하기만을 기다리는 것이 아니라, 누군가를 진심으로 사랑하기 위해 애쓰는 어른'으로 성장했다. 어린 날의 공포에 비하면, 지금의 나는 좀 더 자신을 사랑하게 되었다. 그렇게도 두려워하던 어른이 된 나, 조금 모자라고 어설픈 나를 있는 그대로 사랑하게 되었다.

뉴욕의
엘리베이터
안에서
글을
쓰다

엘리베이터 안은 참으로 어색한 장소다. 엘리베이터는 밀폐된 장소이자 동시에 움직이는 기계이며, 그 속에서는 무엇을 시도해도 참 부자연스럽다. 휴대폰 화면에 푹 빠진 사람들 사이에서 나도 똑같이 바쁜 척 휴대폰을 만지작거려도 보았지만, 어쩐지 영 어색하고 겸연쩍다. 굳이 움직이는 엘리베이터 안에서까지 휴대폰에 코를 묻고 싶지 않을 때가 있다. 도대체 이 안에서는 뭘 해야 좋을까. 나에게 가장 소중한 일, 글쓰기를 이곳에서도 해보면 어떨까. 얼마 전 뉴욕의 한 호텔에서 나는 처음으로 엘리베이터 안에서 글쓰기를 시도해보았다. 워낙 높은 층에서 머물다 보니 엘리베이터를 기다리는 시간과 타고 올라가는 시간이 꽤 되었다. 종이와 펜을 항상 주머니에 가지고 다니니 어디서든 글을 쓸 수 있게 되었다. 비록 그날 엘리베이터 안에서는 세 문장밖에 못 쓰긴 했지만, 글이 풀리지 않을 때는 '단 한 문장'이야말로 구세주처럼 느껴지곤 한다. 누구의 시선에도 방해받지 않고 엄청난 몰입감으로 글을 쓴 그날 그 순간은, 수십 년 동안 타본 엘리베이터라는 공간 안에서 내가 보낸 가장 보람 있는 시간이었다. 며칠째 풀리지 않았던 글쓰기의 실마리가 그 안에서 비로소 풀리기 시작했다. 나는 내친김에 길을 걸으면서도, 밥을 먹으면서도, 택시에 타서도 계속 글을 써서 다른 때보다 훨씬 몰입하여 글을 완성해낼 수 있었다.

엘리베이터 안에서도 글을 쓸 수 있다는 것을 알게 되면서, 나는 그동안 '시간이 없다'며 미뤄왔던 모든 것이 사실은 조금만 노력하면 가능한 일임을 새삼 깨닫게 되었다. 우리는 의미 없이 인터넷 기사를 검색하고 광고에 홀리고 가십거리에 넋을 빼앗기느라, 지상에 한 번뿐인 매 순간을 너무도 안타깝게 흘려보내는 것은 아닐까. '시간이 없다'는 것은 '아직은 간절하지 않다, 지금은 별로 절실하지 않다'의 다른 말은 아닐까.

시간을 알차게 보내기 위한 쉬운 습관 중 하나는 종이와 연필을 항상 가지고 다니는 것이다. 종이와 연필로 사유하면 휴대폰을 통하는 것보다 훨씬 더 생생하고 직관적으로 자기 안의 사유와 만날 수 있다. 지금은 자리를 바꾸어 뉴욕의 메트로폴리탄미술관 안에서 그림을 보며 글을 쓰고 있다. 박물관 안 벤치에 앉아 생각이 떠오르지 않을 때는 눈앞에 펼쳐진 아름다운 그림들과 로댕의 조각을 보면서 글을 쓸 수 있다니. 내게 소중한 일을 이렇듯 언제 어디서나 할 수 있는데, 나는 그동안 '시간이 없다, 공간이 여의치 않다'며 핑계를 대고 있었던 것이다. 그 무엇도 우리 자신의 소중한 시간을 빼앗아가지 못하도록, 종이와 펜만 준비한 채 몸 가볍게 일상 속을 돌아다녀 보자. 내가 엘리베이터 안에서 보낸 단 1분의 시간은 '자투리 시간'이 아니었다. 단 1분의 기폭제로 나는 그날 하루 종일 기분 좋게 온갖 밀린 원고들을 다 써냈고, 걸으면서 사유하고 버스와 택시에서 글을 쓰고 그림을 보면서도 글을 쓸 수 있었다. 우리 인생에 자투리 시간은 없다. 모든 시간이 '자투리'가 아닌 '고갱이'이며, '나머지'가 아닌 '충만함'이다. 모든 시간이 더없이 아름답게 빛날 수 있다. 우리가 기계와 미디어에 혼을 빼앗기지만 않는다면. 우리가 저마다의 인생을 나 스스로 운전하고 있다는 강한 믿음을 마음속 깊이 간직할 수만 있다면.

살아 있는
책이
되어주세요

"우리 아이가 책을 안 읽어요." "작가님, 책을 싫어하는 아이가 책을 좋아하도록 만들 수 있는 무슨 비법이 없을까요?" 나의 인문학 강연이나 글쓰기 특강을 들으러 오시는 학부모님들이 많이 하는 질문이 바로 '어떻게 아이들에게 책 읽는 습관을 길러줄 것인가'이다. 어릴 때 책을 많이 읽어야 내적 성장과 정서 발달에 좋다는 것은 누구나 아는 일이지만, '유튜브가 어린이들의 오감을 지배하는 세상에서 과연 어떻게 책을 읽힐 것인가'는 매우 어려운 과제가 되어버렸다. 나는 부모님들에게 이렇게 이야기한다. "꼭 아이에게 혼자 책을 읽으라고 시키지 마시고, 엄마 아빠가 소리 내어 책을 읽어주시면 좋아요. 책을 읽어줄 수 없을 때는 그냥 어른들이 알고 있는 옛날이야기나 전래 동화를 직접 들려주세요. 엄마 아빠의 개성 있는 해석과 독창적인 몸짓을 마음껏 섞어서 이야기해주면 훨씬 더 좋지요." 이렇게 이야기하면 부모님들은 난처한 표정을 지으시며 시간이 없다고 안타까워하신다. 하지만 꼭 엄청나게 긴 시간이 필요한 것은 아니다. 아이들의 이불을 덮어주며 토닥토닥 배를 두드려주는 시간, 아이와 손을 잡고 마트나 시장에 장을 보러 갈 때, '부모가 직접 들려주는 이야기'의 따스함을 아이들이 느낄 수만 있게 해준다면, 자연스럽게 '책'이라는 최고의 친구를 사귈 수 있는 문이 열릴 것이다.

'귀로 듣는 이야기'를 들을 수 없을 때 아이들은 언젠가 '나 혼자 이야기를 읽을 수 있는 기회'를 찾을 것이고, 이야기 듣기를 좋아하는 아이들은 자연스럽게 이야기가 잔뜩 실린 종이 책을 찾게 된다. 그러니까 '문자'와 '종이'라는 형태를 고집하지만 않는다면, 우리는 생각보다 다양한 '살아 있는 책들'과 만날 수 있게 된다. 우리 자신이 직접 살아 움직이는 책이 되는 것이다. 우리는 너무나 문자 중심의 언어생활에 익숙하지 않은가. 음악을 듣고 저절로 흥얼거리며 따라 하듯 자연스럽게 말을 배우는 아이들은 문자 없이도 충분히 풍요로운 언어생활을 한다. 활자 없이도 언어를 이해하고, 종이 책 없이도 이야기를 사랑하는 어린이들의 천진무구한 상상력에서 우리의 잃어버린 순수와 창의성을 발견할 수도 있지 않을까.

내 친구 부부의 아이는 유아기부터 책 '보는' 것을 워낙 좋아해 어른들이 모두 그 아이가 책을 '읽을 줄 안다'고 생각했다고 한다. "그 집 애는 천재인가 봐요. 어쩜 네 살짜리가 그렇게 차분히 앉아서 오랫동안 책을 읽을 수 있죠?" 친구 부부는 당황했다고 한다. 사실 소녀는 글자를 몰랐던 것이다. 글자를 알아서가 아니라 그저 '그림을 바라보며 생각하는 것'을 좋아하는 것이었다. 아이는 글자를 몰라도 책을 읽을 수 있다. 동화책에는 글자보다 훨씬 커다랗고 강력한 색채를 뿜어내는 그림들이 가득하니까. 그림을 유심히 바라보고 관찰하고 상상하는 것만으로도 아이들의 창의력은 쑥쑥 자란다. 아이들은 글자만 읽는 것이 아니라 이미지도 향기도 촉감도 읽어낼 힘을 가졌다. 아이들은 '눈'만이 아니라 온몸을 움직여 무언가를 배워야 한다. 활자 중심 텍스트에 의사소통을 집중시키는 것, 유튜브에 세상에 대한 모든 배움의 기회를 집중시키는 것은, 아이들에게서 세상 모든 살아 있는 체험의 장소에서 여러 가지 가능성을 실험할 기회를 빼앗는 것이 아닐까.

우리 조카들은 내가 우리나라 전래 동화인 「여우누이와 세 오라버니」 이야기를 오싹오싹 소름 돋게 이야기해주면, 무서워서 오들오들 떨면서 내 옷깃을 꼭 붙잡고 늘어지고 비명을 지르면서 좋아한다. 그렇게 무서워하면서도 다음에 만나면 '한 번 더 그 이야기를 들려달라'고 졸라댄다. 아이들은 옛날이야기를 어른들의 즉흥 구연으로 듣는 일에 열광한다. 나는 스릴과 서스펜스를 최대한 살리기 위해 되도록 있는 힘껏 이야기의 디테일을 지어내고 묘사하고 '어떻게 하면 더 재미있는 이야기를 들려줄 수 있을까'를 고민하는데, 그러는 동안 나의 표현력과 상상력도 더 자라는 느낌이다. 우리는 유튜브 콘텐츠에 중독되어가는 아이들에게, 어른들과 직접 이야기를 나눌 기회, 낭독이나 구연을 통해 책의 소중함을 알아갈 기회, 나아가 삶을 더욱 깊이 있고 따스한 언어로 이해할 수 있는 힘을 길러줘야 하지 않을까.

혼자라도 좋다, 싸울 수만 있다면

국가가 국민을 가장 확실히 부를 때는 바로 세금을 걷을 때다. 영화 「남쪽으로 튀어」에서 시청료 납부 거부, 국민연금 납부 거부로 '요주의 인물'이 된 최해갑(김윤석). 국민연금에 가입하지 않는 건 대한민국 국민이기를 포기하는 것이라고 주장하는 공무원에게 최해갑은 말한다. "멋대로 정해놓고 국민의 의무다? 좋소. 그럼 난 오늘부터 국민 안 합니다." 국가가 굳이 부르지 않아도 국민이 먼저 '내가 국민이다!'라며 자발적으로 동원되는 경우도 있다. 바로 월드컵 한일전이 열릴 때다. 하지만 모든 국민이 축구를 좋아하는 것은 아니며, 응원하지 않는다고 해서 죄가 되는 것은 아니다. 최해갑은 "대~한민국!"을 외치며 술집 전체를 광란의 도가니로 만드는 사람들에게 시니컬한 눈길을 보내며 이렇게 말한다. "지랄하네. 뭔 놈의 애국심이 4년마다 한 번씩 돌아와." 그의 논리는 간단하다. 한국 사람이라고 해서 반드시 한국 국민이어야 할 이유는 없다는 것.

어느 아나키스트 가장의 분투기

이 사람은 세 남매의 아버지이며 한 여자의 남편이다. 아이들은 아버지를 이해하지 못하지만, 아내 안봉희(오연수)만은 남편의 모든 기벽을 깊이 이해하고 받아들인다. 모든 권위로부터 자유로운 최해갑의 성격은 평소 말투에 잘 드러난다. 걸핏하면 '학교의 불필요성'을 주장하는 아버지. "학교 따위는 안 가도 좋아!" 미 제국주의의 산물이라며 콜라와 캔 커피를 금지하는 아버지. "콜라와 캔 커피는 금지다!" 학교로 직접 찾아가 학교 운영의 비리를 폭로하는 아버지. "초등학교에 자판기가 왜 있는지! 애들 먹는 밥이 왜 이 모양인지 내가 좀 물어보겠다고!"

이 아버지의 아들 최나라는 학교 폭력에 시달리는 사춘기 소년이다. 아빠처럼 누구에게든 당당하고 강해지고 싶지만,

무소불위의 권력을 휘두르는 일진 앞에서는 마음이 약해지고 만다. 일진에게 실컷 얻어터지고 난 뒤 상처투성이가 되어 나타나자 아버지는 냉정하게 말한다. "싸울지 도망칠지 네 뱃심을 정해. 한 번으로 안 끝날 거 아냐?" 이런 싸늘한 조언은 따뜻한 위로보다 더욱 강력한 무기가 된다. 아버지는 놀랍게도 일진을 이길 수 있는 무기로 '쇠 파이프'를 제안한다. 쇠 파이프로 적의 무릎 뒤쪽을 노리라고. 무릎 뒤쪽은 단련할 도리가 없으니 약할 수밖에 없고, 치명상을 입히지 않으면서도 적을 확실히 제압할 수 있다는 것이다. 이 '쇠 파이프 신공'으로 오랫동안 일진에게 '삥'을 뜯기던 친구를 구해준 최나라는 처음으로 '남자'로서의 승리감을 느낀다. 아버지의 고향 후배라는 홍만덕 아저씨도 아버지와 '같은 과'처럼 보인다. 스스로를 '동지'라 주장하는 옛 친구들이 다녀간 후, 만덕 아저씨는 엄청난 결심을 한 듯 어느 국회의원 집 앞을 서성거리며 그 집을 염탐한다.

만덕이 국회의원 주변을 떠돌던 이유는 바로 자신의 고향을 지키기 위해서였다. 만덕과 해갑이 태어나 어린 시절을 보낸 섬은 지금 한창 '리조트 개발'이라는 명목으로 전쟁을 치르는 중이었다. 그 리조트 개발의 엄청난 이권을 좌지우

지하는 사람이 바로 국회의원이었던 것이다. 만덕은 국회의원을 협박하여 리조트 개발을 저지하고자 했다. 그러나 다이너마이트를 가슴에 장착한 채 국회의원의 집으로 뛰어들던 만덕은 끝내 거사를 성공시키지 못한다. 목숨을 구걸하는 국회의원이 흘리는 '악어의 눈물'에 속을 만큼, 만덕은 순수했던 것이다. 만덕이 못다 이룬 꿈을 마저 이루기 위해, 더 이상 '국민'의 이름으로 각종 착취에 시달리지 않기 위해, 해갑의 가족은 모두 남쪽 섬으로 떠난다.

"혁명은 운동으로는 안 일어나. 한 사람 한 사람 마음속으로 일으키는 것이라고!"

아버지가 부르짖었다. 점점 더 사람들이 몰려들었다.

"집단은 어차피 집단이라고. 부르주아도 프롤레타리아도 집단이 되면 모두 다 똑같아. 권력을 탐하고 그것을 못 지켜서 안달이지! (…) 개인 단위로 생각할 줄 아는 사람만이 참된 행복과 자유를 손에 넣는 거야!"

— 오쿠다 히데오, 양윤옥 옮김, 『남쪽으로 튀어! 1』, 은행나무, 2006, 327~328쪽.

옳지 않은 것에 맞설 수만 있다면

도시에서 살던 해갑의 아이들은 처음에는 전기조차 들어오지 않는 섬 생활을 두려워한다. 아이들은 학교에 선생님조차 없는 학교를 보고, 전기는커녕 자동차도 찾아보기 어려운 거리를 보고, 아연실색한다. '여기 우리나라 맞아?' 이 섬은 우리가 '우리나라'라고 믿던 어떤 전형적인 인상이 무너지는 곳이다. 사람들의 말투도 다르고 표정도 다르고 무엇보다도 풍기는 분위기가 다르다. '이런 곳도 있구나.' 아빠의 고향은 단지 시골이라서가 아니라 '이런 곳에서도 사람은 행복할 수 있구나' 하는 것을 느낄 수 있는 곳이다. 인터넷, 컴퓨터, 에스프레소 머신 같은 것들이 없어도 행복한 곳. 우리가 '편리하다', '꼭 필요하다'고 느끼는 그 수많은 것들이 없어도 행복을 느끼는 사람들의 마을이다. 여기서 최해갑은 새로운 투쟁을 준비한다. 리조트 개발을 위해 동분서주하는 개발업자들의 탐욕에 맞서 섬과 섬사람들을 지키기로 한 것이다. 그는 누구의 도움도 없이 오직 홀로 싸움을 준비한다. 해갑이네 다섯 식구가 함께 살게 된 만덕의 집을 불도저로 밀어버리려는 사람들, 개발로 엄청난 이득을 누리게 될 각종 투자자들, 부동산업자, 그리고 이 '강자'들의 편에 서 있는 변호사까지. 그는 홀로 바리케이드를 설치하고 거대한 불도저를 위풍당당하게 몰고 돌아올 개발업자들을 밤새 기다린다. 그는 홀로 싸우는 사람이지만 '연민'보다는 '경외'를 불러일으킨다. 그는 결코 누구에게도 불쌍해 보이지 않으며, 늘 당당하게 때로는 유머까지 섞어가며 고통스러운 싸움을 버텨낸다. 그는 스스로 이런 주문을 걸고 있지 않을까. 홀로 싸워도 좋다. 홀로 견뎌도 좋다. 싸울 수만 있다면. 옳지 않은 것에 맞설 수만 있다면.

"이 세상에는 끝까지 저항해야 비로소 서서히 변화하는 것들이 있어. 노예제도나 공민권운동 같은 게 그렇지. 평등은 어느 선량한 권력자가 어느 날 아침에 거저 내준 것이 아니야. 민중이 한 발 한 발 나아가며 어렵사리 쟁취해낸 것이지. 누군가가 나서서 싸우지 않는 한, 사회는 변하지 않아. 아버지는 그중 한 사람이다. 알겠냐?"

— 오쿠다 히데오, 양윤옥 옮김, 『남쪽으로 튀어! 2』, 은행나무, 2006, 245쪽.

기상천외한 '함정 파기 전술'로 거대한 불도저 군단을 통쾌하게 골탕 먹인 아버지의 모습을 보며 아들 최나라는 처음으로 아버지가 멋있다고 느낀다. 돈 못 버는 아버지, 남들 보여주기 부끄러운 아버지, 이해할 수 없는 아버지로 기억되던 아버지의 마음 깊은 곳에 꿈틀거리는 열정을 엿본 것이다. 이제야 아들은 아버지를 조금씩 이해하기 시작한다. '연금도 건강보험도 필요 없으니 마음대로 살게 해달라는 게 그렇게 나쁜 건가?' '리조트를 개발해서 섬사람들은 소외시키고 돈 많은 사람들만 이 아름다운 섬을 즐기게 하는 것이 정말 좋은 것인가?' 아들은 굳이 어른들이 시시콜콜 설명해주지 않아도, '개발'이라는 이름으로 자행되는 거대한 폭력의 의미를 이해하기 시작한다.

널 이해해주는 사람은 반드시 있어

그리고 이 투쟁은 아버지 혼자의 투쟁으로 끝나지 않는다. 국회의원은 물론 개발에 찬성하는 모든 사람들이 달려와 최해갑을 몰아내려 하자, 드디어 엄마까지 아버지의 투쟁에 합류한다. 위대한 전사는 아빠 혼자만이 아니었던 것이다. 대학 시절 '안다르크(안봉희+잔 다르크)'라는 별명으로 불릴 정도로 격렬한 투쟁을 피하지 않았던 운동권 출신의 엄마 안봉희. 그녀는 국회의원을 납치하여 '나는 개발을 포기한다'는 선언을 받아내려 하는 남편을 돕기 위해 수십 년 만에 '화염병 투혼'을 발휘한다. 엄마와 아빠가 열혈 전사로 거듭나는 동안, 아이들은 동네 사람들의 따스한 도움으로 무사히, 그러나 열렬하게 부모의 투쟁에 참여하기 시작한다. 도시의 아이들이었던 해갑의 세 남매 민주, 나라, 나래는 어느새 이 작고 아름다운 남쪽 섬의 매력에 푹 빠진 것이다. 하루가 멀다 하고 이웃들이 와서 먹을 것을 주고 집수리를 도와주며, 서로 뭐든지 나누지 못해 안달인 곳. '돈'이라는 것이 별로 필요 없는 곳. 도시에서는 '타인을 경계하라' 배우는데 이곳에서는 타인이야말로 행복의 원천이다. 이 섬사람들에게는 사유재산이라는 개념이 희박한 것 같다. 이것도 주고 저것도 주고, 저마다 뭔가를 주지 못해 안달인 것이다.

마침내 해갑과 봉희는 경찰의 집요한 추적을 피해 당분간 아이들과 떨어져 '저 머나먼 남쪽 섬'으로 떠나기로 한다. 아들은 늘 괴짜로만 보였던 아버지가 실은 누구보다도 정의로운 사람이었음을, 그저 평범한 주부로 보였던 어머니의 마음속에 누구도 못 말릴 투쟁의 불씨가 숨어 있었음을 깨닫게 된다. 오쿠다 히데오의 원작 소설 속에서 아버지는 아이들을 떠나면서도 '어떻게 살 것인가'에 대한 보석 같은 가르침을 남긴다. "아버지와 엄마는 인간으로서 잘못된 일은 하나도 하지 않았어. 남의 것을 훔치지 않는다, 속이지 않는다, 질투하지 않는다, 위세 부리지 않는다, 악에 가담하지 않는다, 그런 것들을 나름대로 지키며 살아왔어. 단 한 가지 상식에서 벗어난 것이 있다면 그저 이 세상과 맞지 않았던 것뿐이잖니?" "이 사회는 새로운 역사도 만들지 않고 사람을 구원해주지도 않아. 정의도 아니고 기준도 아니야. 사회란 건 싸우지 않는 사람들을 위안해줄 뿐이야."

민주, 나라, 나래의 부모는 마침내 머나먼 남쪽 섬으로 떠난다. 그러나 이상하게도 이 가족은 함께 있을 때보다 더 행복해 보인다. 물론 늘 서로를 애타게 그리워하겠지만, 도시를 떠난 후 가족들은 오히려 '또 다른 매듭'이 서로를 강하게 묶어주고 있음을 느낀다. 그들은 단지 핏줄이기 때문에, 부부이기 때문에 하나인 것이 아니다. 아무리 멀리 떨어져 있어도, 모든 것을 시시콜콜 보고하지 않더라도, '삶의 가치'에 대한 커다란 믿음을 공유한 사람들만이 가질 수 있는 연대감. 아이들은 깨닫는다. 아버지의 생각이 단지 '다를' 뿐, '틀린' 건 아니라는 것을. 우리가 더 행복해지기 위해 꼭 더 많은 돈이 필요한 건 아니라는 것을. 아버지의 마지막 말은 아이들의 가슴속에 강한 울림으로 기억된다. "남하고 달라도 괜찮아. 고독을 두려워하지 마. 널 이해해주는 사람은 반드시 있어."

다윗과 골리앗의 싸움이라고, 결코 이길 수 없는 싸움이라고 모두가 말리는 투쟁의 현장에서도 싸우는 사람들이 있다. 그런 사람들이 있어 세상은 조금씩 더 나아진다. 그런 사람들이 없다면 희망 또한 영원히 사라지는 것이다. 싸우는 사람에게 가장 커다란 공포는 '과연 혼자서 될까?'라는 생각이다. 물론 혼자서 곧바로 성공하는 싸움은 없다. 하지만 혼자서라도 싸움을 시작하기만 한다면, 어느 순간 그 진심을 알아주는 벗들이 있다. 최해갑은 가족들의 도움조차 뿌리치고 혼자서 싸움을 시작했다. 그는 가족을 '보호'해야 한다고 생각했던 것이다. 그러나 아무리 혼자 시작했더라도, 어느새 가족이 함께 있었다. 가족은 뭔가 '바깥일'을 하는 데 방해가 될 거라고 생각하지만, 그저 보호해야 한다고만 생각하지만, 어느덧 어엿한 동지가 되어 있다. 이 이야기는 한 사람의 힘으로 시작된 저항이 온 가족의 저항이 되고, 온 마을의 저항으로 번져, 마침내 섬 하나를 살리는 이야기다. 그리하여 다시 '한 사람의 힘'이 지닌 무서운 폭발력을 생생히 증언한다.

내려올 때
더
눈부신
사람

연일 계속되는 청문회와 특검 정국을 바라보자니, '올라갈 때'와 '내려올 때'를 구분하지 못하는 수많은 권력자의 모습에 눈앞이 캄캄해진다. 한때 천하를 호령했던 사람들이 이제 국민 앞에 더없이 부끄러운 존재가 돼 갈팡질팡하는 모습을 보니, 한창때 피어나는 것보다 오히려 어려운 것은 '제때 잘 내려오는 일'이 아닐까 싶다. 인생의 전성기와 쇠퇴기를 모두 지혜롭게 보내는 사람은 극히 드물다. 인생의 참 모습이 숨김없이 드러날 때는 오히려 절정에서 내려오는 순간이다. 한창때 눈부신 것은 당연한 일이니, 내려올 때 눈부신 사람이야말로 진정한 내면의 빛을 지닌 사람이 아니겠는가.

외부 상황이 바뀔 때에야 비로소 내려오면 이미 늦어버린다. 퇴직을 하거나 노인이 된 이후에 내려올 준비를 하면 늦다. 오히려 젊었을 때부터 어떻게 하면 인생의 황혼을 잘 견뎌낼 수 있을까를 고민해야 한다. 신동엽 시인은 「좋은 언어」라는 시에서 말한다. "외치지 마세요 / 바람만 재티처럼 날아가버려요. // 조용히 / 될수록 당신의 자리를 / 아래로 낮추세요." 정말 그렇다. 바닥에서부터 생각할 줄 아는 사람, 내려와서 생각할 줄 아는 사람이 올라갈 때나 내려올 때나 한결같이 본분을 지킨다. 이형기의 시 「낙화」에서처럼 "결별이 이룩하는 축복에 싸여 / 지금은 가야 할 때"를 아는 사람, "무성한 녹음과 그리고 / 머지않아 열매 맺는 / 가을을 향하여" 꽃답게 사라지는 사람은 얼마나 아름다운가. 모두들 인생의 앞모습만 보고 살다 보니, 인생의 뒷모습을 신경 쓸 겨를이 없는 것 같다. 인생의 앞모습이 남들에게 보여주는 이미지라면, 인생의 뒷모습은 아무도 없는 한밤중 내가 나를 마주하는 순간이다. 인생의 앞모습은 경쟁과 성공을 향해 달려가곤 하지만, 인생의 뒷모습은 고독과 불안일 때가 많다. 인생의 앞모습과 뒷모습은 심리학에서 말하는 페르소나와 그림자를 닮았다. 앞모습은 타인에게 노출되는 이미지이지만, 뒷모습은 나도 모르는 내 상처와 그림자의 이미지다. 앞모습이 화려한 이들은 많지만 뒷모습이 저절로 아름다운 사람은 드물다. 거울에 비춰 볼 수 있는 앞모습과 달리, 뒷모습은 나를 바라보는 사람들의 정직한 눈을 통해서만 비춰지기 때문이다.

사라져가는 인생의 뒷모습조차도, 그가 남긴 인생의 그림자조차도 아름다운 사람이 되려면 매 순간 최선을 다하는 수밖에 없다. 타인을 배려하지 않고 오직 앞만 보고 달려가는 사람들의 뒷모습은 결국 초라하고 처참하다. 최고의 음식은 식어서도 그 향기로운 풍미를 잃지 않듯이, 본래 아름다운 인생을 살아온 사람은 절정에서 내려온 뒤에도 그윽한 향기를 남긴다. “가야 할 때가 언제인가를 / 분명히 알고 가는 이의 / 뒷모습은 얼마나 아름다운가”라는 구절은 언제 읽어도 가슴을 날카롭게 할퀴고 지나간다. 그것은 “나의 사랑, 나의 결별”을 진정으로 받아들이는 사람만이 누릴 수 있는 축복이고, “샘터에 물 고이듯 성숙하는” “영혼의 슬픈 눈”을 가진 사람만의 특권이기 때문이다. 저 타는 저녁노을처럼 장엄하게 사라져갈 수 있는 용기를 지닌 사람이야말로 멋진 인생의 주인공이 아닐까.

혼밥과
혼술이
바꾸는
세상

굳이 만화책이나 영화, 드라마를 들춰보지 않아도 '혼밥'과 '혼술'은 이제 식당 어디서나 볼 수 있는 일상적인 풍경이 되었다. 아무리 피곤하고 고되어도, 맛있는 저녁만은 혼자 즐길 수 있다는 가능성 때문에 힘겨운 하루를 견디고, 자신만의 위안을 찾는 '고독한 미식가들'은 점점 늘어가고 있다. 그런데 혼자 밥을 먹는 일은 아무래도 인간의 본성은 아닌 것 같다. 그것이 완전히 즐거운 일이라면, 우리는 일부러 텔레비전을 켜거나 휴대폰을 보거나 하면서 '혼자 밥 먹는 순간의 심심함과 외로움'을 잊기 위한 보상적 행동을 전혀 하지 않을 테니 말이다. 식당에서 혼자 밥 먹는 사람들을 보면 대부분 식사 자체에 집중하지 않고, '다른 것'을 하고 있다. 예전에는 신문을 읽거나 식당 안 텔레비전을 보는 분들이 많았는데, 지금은 대부분 휴대폰에 온 신경을 집중하는 경우가 많다. 보다 간편하게, 보다 효율적으로 외로움을 잊게 만드는, 어른들의 장난감이 된 휴대폰 덕분에 우리는 혼밥과 혼술을 좀 더 민망하지 않게 즐길 수 있게 된 셈이다.

내가 원하는 것을 먹을 자유

수렵과 채집이 먹거리를 얻을 유일한 방법이었던 시절, 인간은 대체로 혼자 밥을 먹지는 않았다고 한다. 무리 지어 생활하는 것이 추위와 배고픔, 동물의 공격이나 폭풍우 같은 자연재해에 대응하기에 훨씬 나았기 때문이다. 원시시대는 물론 농경시대에 이르기까지 사람들은 함께 밥 먹는 일에 익숙했으며, 먹거리를 나누는 것을 인생의 중요한 쾌락으로 삼았다. 잔치와 축제 등 사람이 많이 모이는 행사들의 공통점은 항상 '다 함께 맛있는 음식'을 원 없이 먹는다는 점이었다. 함께 먹는 일은 행복의 원천이었고, 풍요로운 계절에만 허락된 축복이었다.

혼자 밥 먹는 사람들이 급증한 것은 산업화 이후, 특히 우리나라에서는 최근의 일이다. 「심야식당」이나 「고독한 미식가」 같은 일본 드라마에서는 혼밥과 혼술이 전혀 특이한 현상이 아니었다. 반면 한국의 혼밥과 혼술 문화에서 발견되는 재미있는 점은 '이왕 혼자 식사한다면 반드시 맛있는 걸 먹겠다'는 열망이 유난히 강하다는 점이다. 그것은 우리나라 특유의 '눈치 보기 문화' 탓이 아닐까 싶다. 혼자 식사하는 문화가 비교적 일찍 퍼져 있던 서양에서는 '혼자일 때 꼭 더 잘 먹어야 한다'는 강박관념이 덜하다. 샌드위치로 점심을 해결하는 인구가 유럽에서는 50퍼센트가 넘는다고 한다. 하지만 한국의 경우는 좀 더 적극적이다. 사람들은 '여럿일 때 즐길 수 없는 것'을 혼자일 때 누리고 싶어 한다. 예컨대 상사와의 식사 자리에서 먹고 싶은 것을 시키지 못하는 사람들, 그룹 단위로 몰려다닐 때에는 다른 사람이 고른 대로 따르는 것에 익숙한 사람들이 혼밥과 혼술 속에서 심리적 자유를 추구하는 것이다. 누가 먼저랄 것도 없이 서로 눈치 보는 문화, 나이나 직급에 따른 차별이 심한 문화에서는 '내가 원하는 것'을 당당하게 말하는 것 자체가 어려웠다. 하지만 혼자일 땐 누구의 눈치도 볼 필요가 없으니, 내가 먹고 싶은 것, 주변 사람들은 즐기지 않는 '나만 좋아하는 음식'을 마음껏 누리게 된 것이다.

좀 더 당당하게
좀 더 느긋하게

이제는 혼자 밥 먹는 사람들을 위한 도시락이나 홀로 삼겹살을 구워도 어색하지 않은 신개념 식당들까지 생겼으니, '혼밥'은 더 이상 특이 현상이 아니라 1인 가구 시대의 자연스러운 문화 현상이 되었다. 하지만 '혼술'은 여성들에게 아직 어려운 도전이다. 집에서는 가능하지만 밖에서는 어렵다는 분들도 많다. 혼자 술 마시는 여성을 이상하게 바라보는 시선이 남아 있기 때문이다. 어쩌면 여성이 얼마나 안전하고 자유롭게 혼자서도 술을 마실 수 있는지가 그 나라의 문화적 성숙함을 보여주는 척도가 될지 모른다. 유럽 여행 당시 부러웠던 장면 중 하나는 남자든 여자든, 나이 든 사람이든 젊은 사람이든 '혼자 있음'이 안쓰럽지 않고 무척 자연스럽다는 것이었다. 걸어 다니며 샌드위치를 먹어도, 공원 벤치나 박물관 계단에 앉아서 도시락을 먹어도, 모두가 오히려 자유롭고 당당해 보였다. 누가 무엇을 하든 '쳐다보거나 신경 쓰지 않는 문화'야말로 혼밥과 혼술을 가능하게 하는 문화적 토대가 되지 않을까.

혼자 먹는 사람들도 편안할 수 있도록 '서로가 서로를 의식하는 시선'을 거두는 것이 혼밥과 혼술의 문화적 토대라면, '고독을 얼마나 즐길 수 있는가'야말로 혼밥과 혼술의 심리적 토대가 될 수 있다. 요리도 할 줄 알고, 혼자 있는 것도 괜찮지만, '혼자 밥 먹는 것은 도저히 못하겠다'는 분들에게 아직도 어려운 것은 고독을 견디는 마음의 면역력이다. 나는 유럽 여행 중에 혼자, 그것도 두세 시간에 걸쳐 레스토랑에서 식사하는 분들을 많이 보았다. 메뉴는 특별하지 않았지만, 홀로 식사하며 그 시간 자체를 즐기는 모습에 감탄했다. 그들에게 혼자 먹기란 타인의 시선을 견디는 고역이 아니라 '혼자일 때 비로소 진정으로 나 자신이 되는 시간'처럼 보였다. 혼자 있다고 해서 전혀 청승맞거나 외로워 보이지 않았고, 중간에 점원이 와서 잠깐씩 말을 걸 때마다 밝게 웃으며 농담하기도 했으며, 신문이나 책을 읽기도 했지만 주로 식사 시간 그 자체를 즐기는 모습이었다.

나는 아직 그 경지에는 오르지 못했다. 일단 식당에 혼자 앉아 두세 시간을 버틴다는 것 자체가 나에게는 고역이다. 한국인의 평균 식사 시간이 15분이라고 하는데, 나도 그와 비슷한 속도로 점심을 먹는 것 같다. 하지만 여행 중 마주친 그들에게는 있고 나에게는 없는 것을 생각해보니, 바로 '마음의 여유'였다. 몇 시간이고 혼자 밥을 먹으며 앉아 있어도 괜찮다는 그 마음이 나에게는 없었던 것이다. 혼자 책을 읽거나 신문을 보는 데는 익숙하지만, 왠지 식사하는 데에는 그렇게 오랜 시간을 쓸 수 없을 것 같은 조바심. 바로 그 불안함이 혼밥과 혼술을 진정으로 즐기지 못하게 만든 것이다. 하지만 좀 더 당당한 삶의 주인공이 되기 위해, 어떤 상황에서든 유연하고 자연스럽게 대처하기 위해, 우리는 저마다 혼밥과 혼술을 '어쩔 수 없이'가 아니라 '아주 즐겁고 행복하게 즐길 수 있는 노하우'를 개발해야 하지 않을까.

흰밥과 가재미와 나 이렇게 셋이라면

더 자연스럽게, 더 당당하게 혼자 있는 법을 배우기 위해서는 '자기를 배려하는 마음'이 필요하다. 예를 들면 혼자일 때도 예쁜 그릇에 밥을 담아 먹고, 싱크대 앞에 대충 서서 먹지 않고 반드시 식탁이나 밥상을 사용하고, 반사적으로 텔레비전을 켜기보다는 음악을 틀고

촛불도 켜놓는 마음의 여유가 도움이 된다. 타인을 대접하기 위해 잘 차리는 것이 아니라, 오늘 수고한 나 자신을 위해 밥상을 차려보자. 그럴 때 '이것만 있으면 나는 한 그릇 뚝딱이다' 싶은 솔 푸드가 있으면 금상첨화일 것이다. 나는 백석의 시를 읽으며 '혼자 밥 먹는 일'이 결코 외롭거나 쓸쓸한 일이 아님을 깨닫는다.

낡은 나조반에 흰밥도 가재미도 나도 나와 앉어서
쓸쓸한 저녁을 맞는다

흰밥과 가재미와 나는
우리들은 그 무슨 이야기라도 다 할 것 같다
우리들은 서로 미덥고 정답고 그리고 서로 좋구나

우리들은 맑은 물밑 해정한 모래톱에서 하구 긴 날을 모래알만 헤이며 잔뼈가 굵은 탓이다
바람 좋은 한벌판에서 물닭이 소리를 들으며 단이슬 먹고 나이들은 탓이다
외따른 산골에서 소리개 소리 배우며 다람쥐 동무하고 자라

난 탓이다

우리들은 모두 욕심이 없어 희여졌다
착하디착해서 세괃은 가시 하나 손아귀 하나 없다
너무나 정갈해서 이렇게 파리했다

우리들은 가난해도 서럽지 않다
우리들은 외로워할 까닭도 없다
그리고 누구 하나 부럽지도 않다

흰밥과 가재미와 나는
우리들이 같이 있으면
세상 같은 건 밝에 나도 좋을 것 같다

— **백석, 「선우사」, 『조광』 3권 10호, 1937. 10.**

흰밥과 가재미만 있으면 이 쓸쓸한 저녁이 결코 쓸쓸하지 않다. 흰밥과 가재미와 나, 이렇게 셋이서 밥을 먹으면 우리들은 서로 미덥고 정답고 그저 좋다는 것. '선우사膳友辭'라는 제목 자체가 반찬 친구들에게 바치는 이야기란 뜻이니, 이 얼마나 다정하고 친밀한가. 혼자 있을 때 가장 좋은 점 중 하나는 내 곁을 둘러싼 아주 작은 존재들의 소중함을 깨닫게 된다는 것이다. 욕심도 사라지고, 눈치도 사라지고, 경쟁도 사라지는 곳. 그곳에서 혼자 먹는 밥과 혼자 마시는 술이야말로 내 방 안의 작지만 빛나는 유토피아가 아닐까.

삶의
온도를
바꾸는
여행을 꿈꾸며

여행을 하다 보면 아름다운 장면뿐 아니라 힘겨운 삶의 모습들, 보는 것만으로도 가슴 아픈 장면들도 많이 목격하게 된다. 집시들이 어린 자식들의 손을 잡고 하루 종일 구걸을 하는 모습, 어린아이에게 광장에서 악기 연주를 시켜 돈을 버는 어른들, 쓰레기통에 버려진 페트병과 캔을 뒤져 연명하는 사람들, 골목길 모퉁이나 공원 벤치를 안방 삼아 낮이나 밤이나 눈을 감고 있는 사람들. 우리는 아름다운 것들을 찾아 여행을 떠나지만, 막상 내 힘으로 열심히 길을 찾아 떠나는 여행 중에 만날 확률이 더욱 높은 것은 비참한 존재들, 두려운 존재들, 가슴 시린 존재들이다. 그럼에도 불구하고 내가 편안한 패키지여행이 아닌 온갖 고생문이 활짝 열린 자유 여행을 고집하는 이유는, 그것이 우리 삶과 가장 닮았기 때문이다. 원하는 것, 입맛에 딱 맞는 것, 유명한 것, 대단한 것들만 콕콕 집어 만든 맞춤 상품이 장소의 진정한 본질을 드러내지 않는다는 것을 경험으로 알게 되었기 때문이다. 사랑하는 사람의 어여쁘고 눈부신 부분만 바라보며 살아갈 수 없듯이, 자기 자신이 지닌 최고의 장점들만 골라 살아갈 수 없듯이, 여행 또한 그 지방이 보여주기 꺼리는 것, 그 사람들이 애써 숨기고 싶어 하는 것들까지 모두 끌어안아야만 한다고 믿기 때문이다.

여행지에서 우리는 잠들어 있던 오감을 활짝 깨울 만한 자극적인 것, 견문의 폭과 깊이를 한꺼번에 확장할 수 있는 경이로운 존재들을 본다. 하지만 빛나는 존재들 주위를 둘러싸고 있는 불가피한 어둠과 그림자들 또한 만나게 된다. 루브르박물관과 대영박물관은 물론 일 년에 수백만 명 이상의 여행자를 끌어모으는 수많은 박물관들 중 약탈과 제국주의, 상업주의의 혐의에서 벗어날 수 있는 박물관은 거의 없다. 그 유구한 문화유산들을 지키기 위해 얼마나 많은 사람들의 노고와 인력이 동원되는지, 그 유물들의 아우라에 기생하는 수많은 관광 상품들과 기념품 산업을 유지하기 위해 얼마나 많은 착취와 부당 거래가 이루어지는지, 모두 알게 된다면 우리는 어쩌면 동경으로 가득 찬 유럽 여행 버킷

리스트를 짜는 일을 그만두게 될지도 모른다. 문화유산이 자본주의 시스템 속에서 상품으로 소비되는 과정에서 우리는 부지불식간에 수많은 부조리와 불합리의 씨실과 날실 속을 헤매게 된다. 취미의 대상이자 동경의 대상이 되어버린 유럽 여행은 날이 갈수록 공격적인 마케팅을 구사하는 여행 산업의 강력한 마수에서 자유롭지 못하다.

그럴수록 나는 아주 작은 몸짓으로 거대한 자본의 시스템에 포획되지 않는 우리만의 소박한 여행 방식을 개발해야 한다고 믿는다. 전 지구를 자신들의 상표로 뒤덮는 데 성공한 대형 프랜차이즈점보다는 이 세상에 하나뿐인 작은 가게들에서 커피를 마시거나 끼니를 해결하는 것이 그 지방의 고유성을 유지하는 데 조금이라도 기여할 수 있는 여행자의 윤리가 아닐까. 타는 듯한 목마름을 느끼거나 머리가 어지러울 정도의 배고픔만 아니라면, 나는 되도록 참고 또 참아 거대 프랜차이즈점이 아닌 그 지방 그 마을의 수백 년 전통을 간직하고 있는 작은 가게를 선택하곤 한다. 그때그때 너무 쉽게 욕망을 해결하는 우리 현대인들은 그 잠깐의 목마름, 그 잠깐의 배고픔, 그 잠깐의 불편함을 결코 참지 못하고 가장 자주 눈에 띄는 대형 프랜차이즈점의 유혹에 굴복하기

쉽다. 그렇게 그 장소의 진정한 매력을 알기 위해서는 더 강한 체력을 길러야 하고, 더 의젓하게 욕구를 누를 줄도 알아야 하고, 무엇보다 '나만 생각하는 여행'의 자기중심성을 깨뜨려야만 한다. 그제야 여행의 장소들은 내게 싱그러운 환영의 인사를 건네오기 시작한다. 그 지방 사람들이 가장 많이 먹는 서민적인 음식들, 관광객을 위한 일시 할인 상품이 아니라 그 지방 사람들이 가장 자주 가는 재래시장에서 장을 보는 것이 우리가 그 장소의 아우라와 은밀하게 접신하는 가장 빠른 길이다.

해마다 때로는 숙제처럼, 때로는 구도의 과정처럼 여행을 계속하다 보면, 점점 '여행의 달인'이 될 것으로 기대하시는 분들이 많다. 나를 여행 전문가로 착각하시고 여행 정보를 물어보시는 분들을 만날 때마다 쥐구멍으로 숨고 싶다. 정작 내가 여행을 할 때마다 깨닫는 것은 점점 더 똑똑해지는 나 자신이 아니라 나 자신의 어처구니없는 무지다. 나는 아직도 터무니없이 모르는 것, 아는 줄로 착각하는 것, 어렴풋이 알지만 실천하지 못하는 것들이 너무 많다는 사실을, 좌충우돌하는 여행의 과정 속에서 아프게 깨닫는 것이다. 이렇게 힘들지만 나만의 빛깔을 조금씩 만들어가는 여행을 하다 보면, 예쁜 장면만 수집하여 그 장소의 좋은 것들만 취합하는 박제된 여행을 넘어설 수 있지 않을까. 완벽하게 포장된 패키지여행이 아니라, 나 자신의 꿈과 희망과 미래와 접속하는 나만의 스토리텔링을 담은 여행을 할 수만 있다면. 내 몸과 내 삶을 내던져 조금씩 나를 바꾸는 여행의 온기를 마음이라는 가장 오래가는 뚝배기에 그득히 담고 싶다.

희대의 독학자들, 길 위에 자기만의 방을 만들다

새로운 비평 영역을 개척하고 싶다. 증명된 사실이라고 생각하는데, 나는 사람들을 "즐겁게 하기 위해", 또 남의 생각을 바꾸기 위해 글을 쓰지는 않을 것이다. 나는 지금, 그리고 영원히 나 자신의 주인이다.

— **버지니아 울프, 박희진 옮김, 「1937년 8월 6일 금요일」, 『어느 작가의 일기』, 이후, 2009, 512~513쪽.**

고등학교 시절 몹시 따분한 시간 중 하나가 고전문학 시간이었다. 텍스트 자체의 문제라기보다 거의 모든 시조의 주제를 안빈낙도, 군주에 대한 충성, 자연합일 등으로 단순화하는 놀라운 교육 프로그램의 결과였다. 이제 와 다시 보면 윤선도의 시조가 얼마나 흥미진진하며, 바리데기 신화가 얼마나 재미있는지, 교육 지침 없이 자유롭게 요모조모 뜯어보는 고전 읽기가 얼마나 매력적인 지적 모험인지 알 수 있지만 말이다. 하지만 그렇게 재미없는 고전문학 시간에도 정말 눈이 번쩍 뜨였던 때가 있었으니 바로 황진이의 시조를 배울 때였다. 황진이에 대해선 정확한 생몰년조차 알 수 없다지만, 그런 자료의 빈곤함이 별로 아쉽지 않았다. 황진이의 시조는 400여 년의 시차를 가뿐히 뛰어넘어 철없는 여고생의 변덕스러운 마음을 단숨에 사로잡았다.

학문과 예술과 사랑의 삼위일체

철부지 여고생 눈에 비친 남성들의 시조는 하나같이 어떤 '꿍꿍이'를 숨기고 있었다. 부귀영화나 임금의 총애를 얻기 위해 고군분투하는 속내를 감추기 위한 우아한 연기력으로 보였다. 말하자면 시조 자체로 그 사람의 됨됨이를 짐작하기는 좀 어려운, 매우 의뭉스러운 시조투성이였다. 졸음이 쏟아지던 수업 시간에 황진이의 시조는 얼마나 상큼했던지 가뭄의 단비 같았다. 단 석 줄로 자신의 아름다운 삶의 누드를 기탄없이 펼쳐 보였다. 숨기지도 꾸미지도 새침 떨지도 않으면서. "동짓달 기나긴 밤을 한 허리를 버혀 내어 / 춘풍 니불 아래 서리서리 너헛다가 / 어론 님 오신 날 밤이여든 구뷔구뷔 펴리라." 나는 이 한 작품으로 시조의 힘뿐 아니라 문학의 힘을 확인했고, 더불어 사랑과 예술의 힘에 대한 최고의 강의를 선물 받은 듯 오랫동안 뿌듯했다.

한자어 없이는 '시공' 자체가 불가능한 남성의 시조와 달리 황진이는 아롱다롱한 우리말의 어감을 최대치로 길어 올렸다. 시간과 공간의 벽을 뛰어넘어 현대 독자의 심장을 향해 곧바로 메다꽂는 엄청난 모던함으로 심금을 울렸다. 시조 시인들 사이에서도 곧잘 애송시 1위로 뽑히는 황진이의 이 시조로 인해 '고전문학사에는 왜 이렇게 여성 작가가 없나?' 하는 불만이 일거에 날아갔다. 여성 작가가 거의 없다 해도 전혀 기죽지 않을 수 있었던 것은 오직 황진이 덕분이었다. 그녀라면 교과서에 등장하는 작가들이 한꺼번에 덤벼들어 '시조 배틀'을 벌여도 능히 상대할 수 있을 것 같았다. 더욱이 남성은 이런 시를 쓸 수 없다는 본능적 확신이 들었다. 그건 내 안의 '여성성'을 폄하하지 않고, 있는 그대로 긍정하고 사랑할 수 있는 계기이기도 했다.

어린 시절 내 눈에 비친 황진이는 학문과 예술과 사랑의 삼위일체를 실천하는 전방위적 자기 계발의 여왕이었다. 유서 깊은 가문에서 나고 자란 남성 문인들처럼 어엿한 문집 하나 남기지 않았고, 행적을 소상히 기록한 일대기도 없다. 하지만 그녀의 영향력이 곳곳에 살아남아 현대인에게 강력한 문화적 파장을 뿜어내고 있다. 드라마와 소설과 영화로 끊임없이 리메이크되는 것만 봐도 위력을 짐작할 수 있다. 그런데 혹시 황진이가 '우리 시대의 입맛'에 맞게 변형되고 있는 것은 아닐까? 현대화한 황진이의 텍스트들은 '로맨스'에 지나치게 집착하는 공통점이 있다. 그래서 황진이를 일편단심 순정파로 그리는가 하면 팜파탈의 흥취가 물씬 풍기는 요부로 단순화하기도 한다. 철저히 시각예술 중심적인 드라마나 영화에서는 황진이의 문학을, 소리와 글씨를, 그리고 내면 풍경을 그려내기가 어려운 탓도 있을 것이다. 또 하나의 경향은 신분에 초점을 맞추거나 불행을 부각하는 방식이다. 그렇게 되면 그녀가 탐구한 학문 세계나 예술 세계에 대한 조명이 약해질 수밖에 없다. 자기 극복 스토리로 황진이의 삶을 이해하다 보면 작품에 대한 해석 또한 영웅 신화적 틀로 재단될 수밖에 없기 때문이다. 아직 예술가로서 황진이, 지식인으로서 황진이는 더 많은 조명을 받아야 하는 게 아닐까?

자발적 탐구와 끈질긴 독학

나의 눈길을 사로잡은 여성 아티스트 중에 황진이와 '맞짱'을 뜰 수 있을 것 같은 내공과 매력을 지닌 사람은 단연 버지니아 울프다. 이 두 사람은 당대에 정규교육을 받지 못했기에 오히려 더 창조적 사고를 할 수 있었는지 모른다. 이들을 만들어낸 것은 제도가 아니었다. 그들은 끝없이 학문과 예술의 신기원을 추구했다. 그러나 그것은 경전이나 권위에서 우러나오는 지식에 기댄 것이 아니라 자발적인 탐구열과 끈질긴 독학의 힘이었다.

그녀들이 '남성의 엘리트 교육'을 받지 못했다는 콤플렉스에 시달렸을 수도 있다. 특히 버지니아 울프는 엄한 아버지 밑에서 오빠들에게는 얼마든지 허락된 대학 교육과 각 종 엘리트 교육의 혜택이 자신에게는 돌아오지 않는 상황을 힘들게 견뎌내야 했다. 그 결과는 어떤가? 그녀들은 어떤 남성도 해내지 못한 독특한 문학 세계를 일구었다. 그들은 제도와 정전canon 시스템을 뛰어넘는 지식과 예술을 추구했다. 더욱이 두 사람 모두 '여성의 말하기와 글쓰기'가 철저히 억압되었던 상황에서 창작 활동을 해야 했다. 현대시조의 대가 이병기 선생은 황진이를 통해 시조의 예술적 가능성과 현대적 부활 가능성까지 내다보고 있다.

지금까지 내가 본 시조 중에는 이만큼 형식으로나 기교로나 구성으로나 잘 짜인 것을 못 보았습니다. 황진이의 시조로 지금까지 전해오는 것이 오륙 수에 불과해도 그 오륙 수가 정말 주옥같은 것입니다. 고금을 통해서도 이만큼 완성된 작은 없지요. 그 기교란 무서우니까. 흔히 보면 공연히 글자 수와 형식에 사로잡혀서 꼭 판에 박아낸 것만 같아서 염증을 내게 합니다. 그러나 4, 5백 년 전의 황진이의 시조는 실로 완벽을 이룬 것이지요. 이 정도에만 이른다면 시조로서 표현 못 할 것이 없습니다.

— **이병기,「황진이 시조 한 수가 지침」,『동아일보』,**
1938. 1. 29.

황진이의 몇 편 안 되는 시조가 남녀노소 가리지 않고 이토록 사랑받는 '공감의 원천'은 무엇일까? 천재적 재능 덕이 크겠지만 창작 환경에서도 뭔가 찾을 수 있지 않을까? 황진이의 작품은 창작하자마자 바로 '청중' — 혼자 '묵독'으로 책을 읽는 독자가 아니라 여럿이서 술을 마시며 시조창을 '듣는' 무리 — 에게 실시간으로 감상되었을 것이다. 그런 점에서 그녀가 경험했을 창작의 공동체는 창작과 동시에 감상자의 반응을 곧바로 확인하고 공감할 수 있는, 공감각적 — 황진이의 목소리와 시각적 이미지, 심지어 체취까지 공유하고, 더불어 술맛과 주변 사물의 촉각까지 함께하는 총체적 감각의 축제를 만드는 — 교감의 공동체였다.

동시에 그녀는 이 책이 얼마나 팔릴까 하는 스트레스에서 자유로운 비상업적 텍스트를 자유자재로 창조했기에 어쩌면 독자와 출판사의 시선에 시달리고 흔들리는 현대 작가들보다 훨씬 행복했을지 모른다. 그런가 하면 청자의 반응이

곧바로 몸으로 느껴지니 창작 과정이 더욱 혹독했을 수 있다. 무엇보다 그녀의 글쓰기는 골방에 틀어박혀 자신의 내면을 토해내는 근대적 글쓰기와 근본적으로 다른 '소리의 글쓰기'였다. 고립된 근대인의 창작과 달리 '소통 지향적인', 그래서 소수의 스타 지향적인 창작 환경과 구분되는 '작가 지향적' 창작이었다고 볼 수 있다.

나의 세계이자 당신과의 세계

황진이의 지적·예술적 공감의 공동체는 그녀가 만나온 수많은 남성 지식인이었다. 반면 버지니아 울프의 지적 공동체는 영국 지식인들의 사교 모임 '블룸즈버리'였다. 블룸즈버리는 1899년 가을 트리니티 칼리지에서 출발한 젊은 지식인 모임이었다. 블룸즈버리에서는 연애 관계를 시작하고 끝내는 기술, 아주 싫어하는 친구의 책을 거짓말하지 않고 칭찬하는 기술, 연루된 세 사람 모두에게 고통을 주지 않으면서 삼각관계를 유지하는 기술 등 그야말로 '모두가 궁금해하지만 누구도 감히 발설하지 않는 인생의 기술'을 자유롭게 토론하고 제안할 수 있는 느슨한 학술 공동체였다.

아버지 생신. 살아 계셨으면 96세가 되었을 것이다. (…) 그도 다른 사람들처럼 96세가 될 수 있었지만, 고맙게도 그렇게 되지는 않았다. 그랬더라면 그의 인생이 내 인생을 완전히 끝장내버렸을지 모른다. 그렇다면 어떻게 됐을까? 나는 글도 쓰지 못했을 것이고, 책도 없었을 터, 생각할 수 없는 노릇이다.

— 버지니아 울프, 「1928년 11월 28일 수요일」, 앞의 책, 254쪽.

딸들에게 정규교육 기회를 주지 않은 보수적인 아버지 밑에서 자란 버지니아 울프는 아버지의 죽음 이후 고든 스퀘어로 이사를 가고 거기서 블룸즈버리 지식인들을 만난다. 그녀는 자유롭고 활달한 분위기에 매혹됐으며, 이 모임을 통해 화려한 지적 성장의 계기를 마련한다. 지독한 애증의 뿌리였던 아버지의 죽음 이후 평생의 지적 자양분을 얻은 셈이다. 울프는 아버지가 살아 있는 동안에는 어떤 글도 출판하지 않으려 했다고 한다. 아버지의 죽음은 그녀가 '공적' 글쓰기를 시작한 출발점이 됐다. 아버지의 죽음과 고든 스퀘어로의 이사, 블룸즈버리 활동은 울프에게 '나만의 세계'를 창조하기 위한 서곡이 되었다. 황진이의 창작 에너지가 '교과서 없이 스승 없이 친구들과 함께 놀기'였다면 울프의 창작 에너지는 '아버지의 통제 없이 남자 눈치 보지 않고 오직 자기만의 방 갖기'에서 나온 셈이다.

그녀들의 고독은 '사람을 밀어내는' 고독이 아니라 끊임없이 '내 마음에 맞는 친구나 스승을 찾기 위한' 고독이었다. 대중에게 알려진 버지니아 울프의 전형적 이미지는 '자폐와 우울과 광기에 사로잡힌 천재 아티스트'지만 삶을 제대로 들여다보면 오히려 평생 동안 좋은 친구를 많이 만나고 적극적으로 사람을 찾아다니는 열정적 측면이 자주 발견된다. 버지니아 울프는 '지음知音'의 벗을 찾기 위해 고군분투했을 뿐 아니라 수많은 예술가와 인연을 맺었다. 말년에는 프로이트와도 만났다. 그녀는 누구보다 세상 속으로 들어가, 세상과 더불어 숨 쉬고자 한 예술가였다. 무엇보다 '보통의 독자the common reader'의 창조적 읽기와 쓰기 능력에 대해 당시

로서는 아주 획기적인 시각으로 분석했다.

토머스 그레이의 생애에 관한 존슨 박사의 글에는 다음과 같은 문장이 있다. "나는 보통의 독자와 의견을 같이하고 싶다. 왜냐하면 문학적인 편견에 물들지 않은 독자들의 상식에 의해 훌륭하게 다듬어진 미묘한 표현과 학식의 독단주의가 시적인 명예를 누릴 수 있는지의 여부가 마침내 결정되기 때문이다." (…) 보통의 독자는 (…) 지식을 넓히거나 다른 사람의 견해를 바로잡기 위해서라기보다 자신의 즐거움을 위해 책을 읽는다. 무엇보다도 보통의 독자는 마주치는 온갖 잡동사니로부터 한 인간의 초상, 한 시대의 개관, 글쓰기 기법의 이론 등 어떤 전반적인 것을 창조하려는 본능에 스스로 이끌린다. (…) 만약 보통의 독자에게 시적인 명예의 최종적인 배포에 대해 어떤 발언권이 있다면, 어쩌면 몇 가지 생각이나 의견을 적어놓는 것도 가치가 있을지 모른다. 그들 자체로서는 미미하지만, 아주 강력한 결과를 만들어내는 데 기여할 수도 있기 때문이다.

— **버지니아 울프, 박인용 옮김, 『보통의 독자』, 함께읽는책,**

2011, 17~18쪽.

울프는 지식을 대중에게 나누어주거나 타인의 의견을 정정하기보다 자기 자신의 즐거움을 위해 독서하는 사람, 즉 '보통의 독자'야말로 가장 교감하고 싶은 독자라고 이야기한다. 그녀는 단지 예술과 대중의 간극을 좁히는 것이 아니라 대중 자체에서 예술성의 근원적 추진력을 찾아내려 했다. 대중의 공감이라는 개념은 그녀에게 상업적 요소가 아니라 그 자체로 '예술의 동력'이자 보편적이고 예술적인 공감의 원천이었다. 여기에 독자를 향한 아첨이나 미디어에 대한 눈치작전은 낄 틈이 없다. 권위나 전문성에 호소하지 않고 오로지 자신의 열망과 열정으로 글을 읽는 독자, 그들의 아마추어리즘이 지닌 순정한 열정이야말로 전문가나 권위자가 흉내 내기 어려운 집단적 재능임을 일찍이 감지했다. 그녀는 선구적인 '독자반응비평'의 대가이기도 했던 것이다. 어떤 보상이나 인정도 바라지 않고 그저 독서 자체를 사랑하는 사람들이야말로 버지니아 울프의 창작에 깊은 영향을 미치는 존재들이었던 것이다.

황진이가 평생 찾아 헤맸던 것도 단지 사랑을 나눌 연인이 아니라 서로에게 스승이자 친구가 될 수 있는 사우師友적 관계였다. 이사종과의 6년 계약 동거로 알려진 사랑의 도피도, 화담과의 절제된 우정도, 지족선사와의 원 나이트 스탠드도, 모두 그녀가 지음의 벗을, 친구이자 스승을 찾는 여정의 일부였다. 한편 버지니아 울프의 그 유명한 '자기만의 방'은 아버지의 엄격한 통제를 벗어나 창조한 '나만의 세계'였다. 그러나 그녀의 꿈은 '고립된 내면'을 추구하는 1인칭 중심의 글쓰기가 아니라 독자-비평가-작가라는 삼중의 역할을 다중적으로 실현하는, 창조적 다중 인격을 추구하는 예술가의 세계였다. 버지니아 울프가 말하듯, 문학은 사유지가 아니라 국경과 전쟁이 없는 공유지이기 때문이다.

여성에게 '자기 세계'가 허락되지 않았던 시대에 태어난 버지니아 울프와 황진이. 그녀들에게는 끊임없이 더욱 편안한 삶에 대한 유혹이 있었다. 한 번도 대학에서 정규교육을 받지 않은 버지니아 울프에게 영국의 명문 대학들은 명예박사 학위를 제시하며 강의를 요청했지만, 그녀는 매번 거절했다. 황진이 또한 천하의 명기였고 송도삼절의 하나였으니 고관대작들의 러브콜이 끊이지 않았을 것이다. 그럼에도 그녀들은 '지상의 단단한 집'을 짓기보다 '길 위의 아티스트'가 되기를 갈망했다. 지상에 집을 지을 필요가 없었다. 그녀들이 가는 곳마다 예술과 학문이 살아 숨 쉬는 축제와 향연이

펼쳐질 수 있었으니.

매 한 마리가 언덕 위를 날고 있을 뿐. 그게 아니라면 인생의 가치란 무엇일까? 날아오르는 것. 밤이나 낮이나 꼼짝하지 않는 것. 언덕 상공에 가만히 있는 것. 손을 살짝 움직이면 훨훨 날아간다! 그리고 다시 허공에 떠 있다. 한 마리뿐. 남들 눈에 띄지 않게. 땅 위의 모든 것이 매우 고요하고, 매우 아름답다는 것을 바라보며. 아무도 보지 않고 아무도 신경을 쓰지 않는다. 남의 눈길은 우리의 감옥. 남들의 생각은 우리의 새장.

— **버지니아 울프, 박선경 옮김, 「쓰지 않은 소설」, 『버지니아 울프 대표 단편 걸작선』, 뜻이있는사람들, 2016, 129~130쪽.**

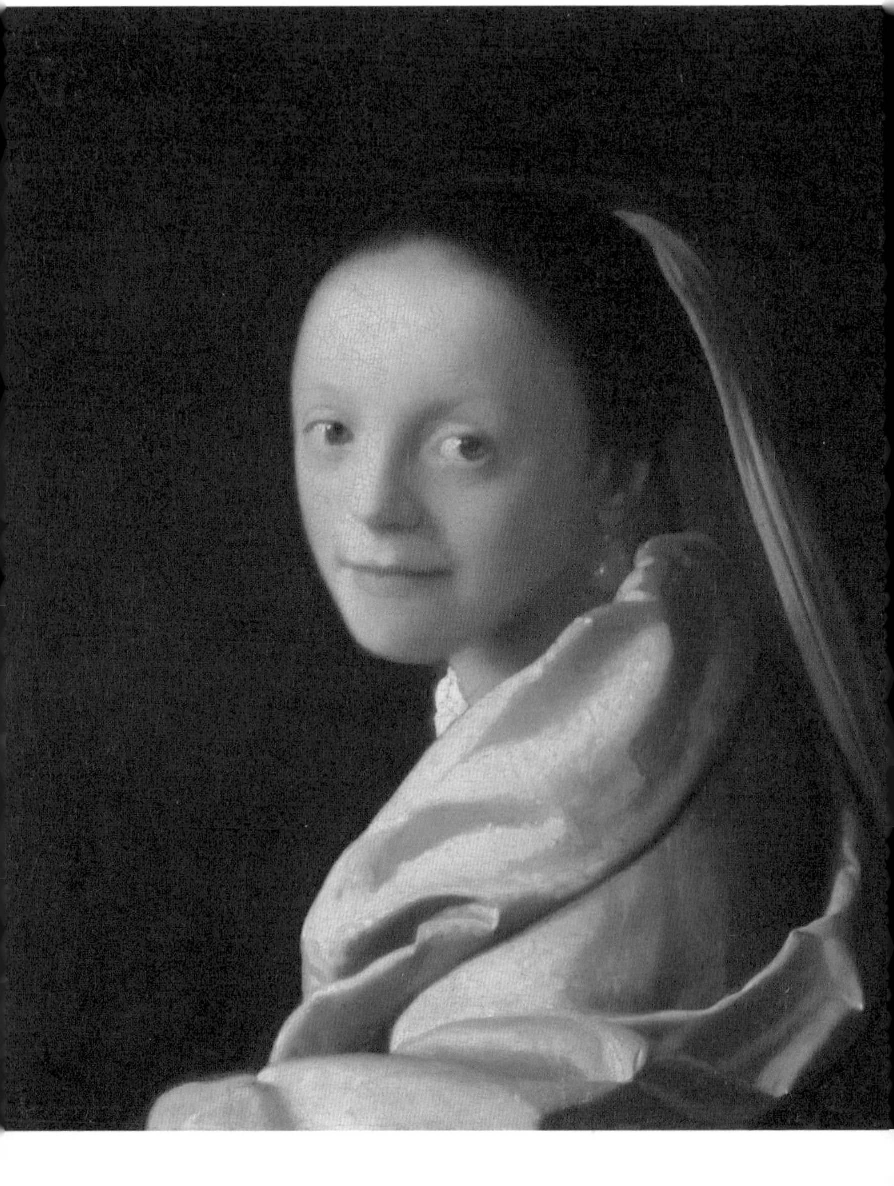

11월의 화가

얀
페르메이르

얀 페르메이르

Jan Vermeer

1632년 네덜란드 델프트에서 태어났다. 그의 작품은 아름다운 문화유산으로 전해오지만, 놀랍게도 언제 어떻게 화가가 되기로 결심했는지, 스승이나 학습 기간 등에 관해서는 거의 알려지지 않았다. 1653년 부유한 가톨릭 집안의 카타리나 볼네스와 결혼했고, 프로테스탄트에서 가톨릭으로 개종했으며, 화가 조합인 성 루가 길드에 가입했다. 1650년대 초 성서적·신화적 장면을 그리며 경력을 쌓아나갔고, 1650년대 후반부터는 실내 정경에서의 일상적 장면을 묘사하는 데 집중하며 고요한 분위기와 내면의 평온함을 화폭에 담아내었다. 1662년과 1670년 성 루가 길드의 대표로 선출되었다. 1675년에 사망하였다.

토닥토닥

당신의 굽은 등을 쓸어내리며

지은이 정여울

2018년 11월 23일 초판 1쇄 발행

책임편집 홍보람
기획 · 편집 선완규 · 안혜련 · 홍보람
기획위원 이승원
디자인 형태와내용사이
타이포그래피 심우진 one@simwujin.com

펴낸이 선완규
펴낸곳 천년의상상
등록 2012년 2월 14일 제2012-000291호
주소 (03983) 서울시 마포구 동교로45길 26 101호
전화 (02) 739-9377
팩스 (02) 739-9379
이메일 imagine1000@naver.com
블로그 blog.naver.com/imagine1000

ISBN 979-11-85811-68-0 03810

잘못된 책은 구입처에서 바꾸어드립니다.
이 도서의 국립중앙도서관 출판예정도서목록(CIP)은 서지정보유통지원시스템 홈페이지(http://seoji.nl.go.kr)와 국가자료공동목록시스템(http://www.nl.go.kr/kolisnet)에서 이용하실 수 있습니다. (CIP제어번호 : CIP2018036177)